JN318954

甘美な誘惑、そしてせつなく

亀山早苗

Kameyama Sanae

文芸社文庫

目次

1 逢瀬 5
2 屈辱と陶酔 13
3 刻印 41
4 禁断の世界へ 60
5 さらなる深みへ 109
6 変化 136
7 迷路 169

1　逢瀬

小さなうめき声のあと、わたしのお腹の上に、生温かくて粘りのある液体が放出された。男なら、あの瞬間、誰もが出す声。彼は片腕をわたしの背中に回し、もう片方の手でわたしの頭を抱え込むような姿勢のまま、一気に体重を預けてくる。荒い息を吐き続けている男の、筋肉質の固い背中に腕を回す。この瞬間、男はひどく無防備だ。そんな男をかわいいと思うほど、わたしは年齢を重ねてきてしまった。わたしは何も言わずに、指で彼のさらさらした髪を梳《す》く。

彼は数分で起き上がると、ベッドサイドの時計を見つめた。

「まずい、彼女が帰ってくる」

あわてて、大股《おおまた》でバスルームへと消えていく。シャワーの音がしたあと、ドライヤーの音に混じって鼻歌が聞こえてくる。たかが鼻歌なのに、彼の甘い歌声は、わたしの身体を震わせる。

初めて身体を合わせたことを、彼はどう思っているのか。彼にしてみたら、近づいてきた女をモノにしただけ、よくあることで、それ以上の意味はもたないのかもしれない。

「じゃあ、またね。きみはゆっくりしていくといいよ」

バスルームから出てきた彼は、すでに身繕いもすませ、コートを着ながら軽い調子で、そう言った。シーツにすっぽりくるまりながら、彼のカシミヤのコートの裾《すそ》が揺れているのを眺める。

今日の東京の寒さは、半端ではない。彼はカシミヤのマフラーを、顎《あご》が埋もれるほど、ぐるぐる巻きにしている。ドアを開けて出ていくとき、後ろ姿のままわたしに向かって軽く手を振った彼の指が、脳裏にいつまでも焼きついていた。あの指で、今しがたまで、彼はわたしのあそこを探ったり、かき回したりしていたのだ。

ゆっくりしていくといいよ。

たった三十分の逢瀬《おうせ》のために、わたしは都内でも、高級というランクがつけられている、このホテルのダブルルームを一泊とった。ラブホテルではなかったから、たった三十分程度でチェックアウトするのは、あまりに気恥ずかしい。かといって、泊まっていくにはホテルは無機質すぎた。あんなことのあとでは。

ひとりになったわたしは、ぼんやりしながら、いつまでもベッドで煙草をふかしていた。

初めて寝た男に、自分から連絡はしない。若いときからそうしてきた。必要以上に踏みこまれたら、連絡を絶つ。いつでもそうやって、クールを気取ってきた。男女関係の距離の取り方には敏感なはずだった。追うより追わせなければいけないと思いこんでいた。ひょっとしたら、何かが怖かっただけなのかもしれない。

自分から連絡をとりたいと思いながらも、今までの習慣で、わたしは彼からのメールを待った。いらいらしながら。一度きりの関係でもいいと覚悟していたのに、すでに執着しはじめているようだ。そんな自分にもいらだっていた。

二週間後、ついにわたしは自分からメールを出した。すでに彼に、そして彼との快楽の時間に屈服していたのかもしれない。

翌日、彼からメールが来た。

「あれっきりになっていて、ごめん。本当にごめん。許してほしい。しばらくモナコで休暇を過ごして、ついさっき、ミラノに着いたところなんだ。聞いていいかな。あの日、きみは何回イッたの？」

彼の顔を思い出す。二週間が過ぎて、あの日は、わたしの中でも少しだけ、印象が薄まりかけていた。だが、文面を見るやいなや、彼のモノがわたしの口の中に、膣《ちつ》の中に、鮮烈に甦《よみがえ》ってくる。

「感じたわ。ものすごく。また、したい」

短く書き送る。これが瞬時にミラノの彼に届くのだから、メールは偉大だ。

「何回イッたかと聞いたんだ」

すぐに返事が来る。自分の思いどおりにならないと、いらつくタイプのようだ。彼は今、パソコンの前に張りついている時間帯なのだろうか。

「そうね、少なくとも三回は」

「そんなによかったの？　いいなあ、女は」


わたしは、長い間、彼のファンだった。そう、オペラの舞台で艶《つや》やかな高音を張り上げ、誇らしげに歌うテノール歌手である彼を、ずっと見つめていた。何年も。ときには飛行機に乗って、アメリカやヨーロッパの劇場まで行った。彼の歌を聴くためだけに。彼の声は、いつでも甘く、ときにせつなくなるくらい、わたしの心をえぐってくる。

舞台だけを聴いていれば満足だった。彼を取り巻く「これ見よがしのファン」にだけは、なりたくないと思っていた。それなのに、何度も来日している彼に、ついに手紙と花を渡したのは、長年蓄積された自分の気持ちが抑えられなくなったからだ。そのときの公演がことのほか素晴らしく、どうしても直接、目を見て讃辞を伝えたいという気持ちがわき起こったせいでもある。

公演が終わって、楽屋から出てきた彼をつかまえた。いっせいに彼の周りにファンが群がる。さすがに嬌声《きょうせい》は上がらないが、「ブラボー」という声が飛ぶ。彼は、そんなファンが差し出すプログラムやCDに、丁寧にサインをする。サインペンを走らせながら、彼がふっと目を上げた。その瞬間、彼を凝視しているわたしと目が合った。なぜかわたしは、この世にふたりだけでいるような錯覚に陥った。周りの人々が目に入らない。まっすぐ彼に向かった。人垣がすうっと自然に開いたように思える。

「すばらしいパフォーマンスでした」

彼を見上げて、目を合わせ、言葉少なにそう言って、花と手紙を渡した。それ以上、何も言いようがなかった。

「ありがとう」

彼も言葉少なだった。ただ、じっとわたしの目を見つめていた。あのとき、ふたりの間には、何か確かなものが通い合っていた。わたしはそう思いこんだ。

「あなたは世界一のテノールだと思う。長い間、オペラを聴いてきているけれど、あなた以上の歌手はいないわ」

そう書いた手紙に、メールアドレスも入っている名刺をつけた。

自分が動くと、偶然が次々に起こっていくものだと、そのとき知った。その翌日、ある音楽雑誌から、彼のインタビューを頼まれたのだ。

わたしは長年、フリーランスのライターとして、さまざまなアーティストにインタビューをしている。クラシックから現代音楽まで、音楽家のインタビューをすることは以前から多い。彼に仕事で会う機会もあるかもしれないと、心のどこかで期待していた。期待に反して、それまでは、そんな依頼は一度もなかった。他のオペラ歌手、指揮者、演奏家のインタビュー依頼はたびたびあった。だが、彼だけは欠如していた。彼が歌手になって、すでに二十年もたつというのに。ところが、彼に花を渡した翌日、唐突に彼に会う仕事が入った。

そして同じ日、彼から「きれいな花と素敵な言葉をありがとう」という短いメールが来た。

「わたし、あなたのインタビューをすることになったの。わたしはライターなの」

その日から、メールのやりとりは頻繁になった。

わたしは、彼のそのときの来日公演をすべて聴き、そのつど、最高級の褒め言葉を贈った。彼からは、私が独身なのかとか、実際にどんなインタビューをしているのかとか、当たり障りのない、しかし私自身の現在の状況を探るようなメールが届いた。

独身だと書き送ったときは、

「それは、ぼくにとって都合がいい」

という返事が来た。女として彼に意識されているなどとは考えたこともなかったから、腑《ふ》に落ちない感覚だけが残った。

最終公演が終わった翌々日が、インタビューの日だった。その前日、遠慮がちなメールが届く。

「こんな提案をして、もしきみが気を悪くしたら申し訳ない。明日、インタビューのあと、ぼくは少しだけ、ひとりになる時間をとることができる。もし、きみがどこかホテルをとってくれたら、ぼくたちは……つまり……わかる？　もし気を悪くしたら、このメールはなかったことにしてほしい」

そんなことがあっていいのだろうか。私の読み間違いではないのか。何度も何度も、メールを読んだ。どんなに注意深く読み返しても、私の身体の奥を疼《うず》かせるような声をもつ彼が、わたしとベッドをともにすることを望んでいるとしか思えなかった。三十分ほど、そのメールを見ながら呆然《ぼうぜん》としていた。自分自身に、何かが起こりかけている。偶然は必然になるのかもしれない。

もちろん、その提案を受け入れるのは怖かった。二十代のときならいざ知らず、もはやわたしに光り輝く、弾《はじ》ける肌はない。すべてに自信がなかった。だが、断るより嫌われるかもしれないリスクを選んだ。一度だけであったとしても、それでいい。人生、冒険はするべきだ。しない後悔より、してしまった後悔のほうが受け止めやすい。

私は彼に、イエスと返事を送り、すぐにホテルを予約した。

インタビューは、彼が来日中、滞在している乃木坂《のぎざか》のレジデンスで行われた。外国人向けの短期滞在用アパートだ。広いリビングで、彼は自分の家にいるかのようにくつろいでいた。インタビューの間中、彼はわたしを見つめ、誰にもわからないように、しかし何度も、さりげなく小さなウィンクを送ってきた。鋭い眼光が肉体に入り込んでくる。そのたびに、わたしの子宮が浅ましく伸縮する。

膝《ひざ》が震えた。合わせた両膝の奥が、少しずつ潤んでいくのがわかる。すでにわたしは、彼に犯されていた。スタッフがたくさんいる、彼のレジデンスのリビングで。まなざしひとつで。

2　屈辱と陶酔

彼はヨーロッパのあちこちに住んでいる。持ち家なのか、そのつど、アパートを借りるのかはわからない。おそらく世界中に、数軒の不動産は所有しているのだろう。今はミラノ。だが、ひと月後にはミュンヘンかもしれない、あるいは、ウィーン、パリ、ロンドン、ローマ、バルセロナ。ニューヨークのこともある。つまり、世界中に住んで、世界中の劇場で歌っている。英語もフランス語もイタリア語もドイツ語もスペイン語も、会話には不自由しないくらい話せる。世界中の人々と話し、世界中の劇場で歌い、世界中のファンを魅了しつづけている。女も、あちこちにいるはずだ。ワンノブゼム、つまりその他大勢のうちのひとりなのだ、わたしも。わかってはいたが、それでもよかった。

彼のスケジュールは、二年も三年も先まで埋まっている。それが人気と実力の証となる世界に、彼は住んでいる。わたしのスケジュールはといえば、せいぜい一週間先までしか埋まっていない。

彼からのメールは頻繁に来た。世界中のあちこちから。

「ぼくは、あらゆるセックスが好きなんだ。ロマンティックなものから、激しいものまで。きみの性的な妄想を話してほしい」

一度でも身体が馴《な》れあった者同士だけが交わせる会話に、わたしは夢中になる。たった三十分のセックスが、彼にどれほどの興奮を与えたのかはわからない。だが、わたしはこの関係を死守したかった。彼を、あらゆることについての彼の好みを、もっと知りたかった。これが恋愛なのかどうかわからない。それは、どうでもよかった。

わかっているのは、わたしがずっと、彼の歌声に魅せられてきたこと。そして、声を聞き、顔を見るだけで心が震えるような男と、ひょんなことからお互いの性器をつなげてしまったということだけだ。それは事実だった。

舞台にいた彼が、同じベッドにいるというあのエロティックな興奮を、彼のいきり立ったペニスが私の身体を貫いたときの快感を、日がたつにつれて、わたしは実感として思い返すことができるようになった。だから、メールを読むたび、わたしは激しく濡れていく。

「あの日」から一か月もたたないうちに、わたしの膣と子宮はうめき出す。彼のモノがほしい、と。ときに膣はよだれをたらす。ほしい、ほしい。

わたしは、それを忠実に彼に書き送る。

「わたしの膣は、いつもあなたをほしがっている。今日も、二度もマスターベーションをしてしまったの」

「どうやってするの？」

「指を使ったり、バイブを使ったりする。バイブはたくさんもってるわ。普通サイズから特大までね」

「何を妄想するんだ」

「もちろん、あなたとしたときのことを」

　この言葉が、彼の心の奥深くを刺激したのだろうか。

「提案がある。ぼくの日本のビッチにならないか。性の奴隷になるんだ。ぼくと一緒に、禁断の世界を見る気はないか？」

　毒々しい、しかしこの上なく甘い誘惑だった。

　彼の女になる。彼と一緒に、性の奴隷になる。

　考えただけで、心拍数が上がっていく。胸をどきどきさせ、膣からよだれをしたたらせながら、わたしはきっぱり、イエスと返事を送った。自分がエロスの塊になっていくような興奮に襲われる。今まで見たことのない世界、禁断の世界。それがどんなものかは、わからない。だが、わたしは、彼とならどこへでも行けると思った。返事をした直後、買ったばかりの特大バイブを使い、たったひとりで二時間も悶《もだ》え続けた。

「ぼくには、したいことがあるんだ。だけど、きみに苦痛を与えたくない。だからアドバイスするよ。毎日、バスルームでローションを指につけて、アナルに入れ、少しずつ広げておいてほしい。指が四本、入るようになるまで練習すること。今度会ったら、いきなりケツにぶちこんでやる」

性の奴隷になると言ったときから、彼の態度は変わった。わたしは性の奴隷なのか、彼の奴隷なのかわからなくなっていた。だが、それもわたしには、甘い興奮を呼び起こしている。わたしは、奴隷になることを二つ返事で受け入れたのだから、何でもするつもりだった。その口約束が、わたしの生活のすべてを変えていくとは、このときはまだ思っていなかったのだが。

彼の調教は、アナルセックスから始まるらしい。その要求に、わたしは少しだけ恐怖を覚える。アナルにペニスを突っ込まれたことはなかったから。だが、彼の忠実なビッチでありたいと考えたわたしは、ローションを指につけ、こわごわと一本入れてみた。一本がスムーズに入るようになるまでに、数日かかった。

数日後の午前中、指がアナルにきちんと入っている写真を送れと、彼からメールがやってくる。わたしはデジタルカメラをもっていない。その日にすぐ、買いに行った。苦手な説明書を必死に読んで、最低限のデジカメの使い方を覚え、すぐに実践へと移す。うつぶせになってお尻を高く上げ、右手の中指を一本入れているところを撮影しようとした。ところが、どうがんばっても、左手だけでデジカメを支えていると、画面がぶれてしまう。付属でついていた簡易三脚を使ったが、それもうまくいかない。何度もいろいろな格好を試し、中指がお尻に入っているところがわかる写真をなんとか撮影して、深夜、ようやく送った。一日中、中指とお尻とデジカメに振り回されていた。

「グッドジョブ。もっと努力するように」

たったそれだけの返事に、わたしの心臓がばくばくと歓びにうち震える。指が二本、三本と入るようになるたび、わたしはひとりきりのベッドの上で、自分を撮影しては写真を送った。彼の要求に応じて、バイブを使ってマスターベーションをしている写真を送ったこともある。

三十分だけの逢瀬のあと、次に彼が来日すると連絡が来たのは二か月後だった。指は、ローションをたっぷりつければ、ようやく三本、アナルにスムーズに出し入れできるようになっていた。

「急遽《きゅうきょ》、あるオペラ歌手の代役で、日本公演に行くことになった。ふだんなら代役なんて絶対に引き受けないけど、ぼくはきみが、本当にぼくの奴隷になっているかどうかを確かめるために、行くことにした。きみのために引き受けたんだ」

確かに彼のネームバリューから言って、わざわざ日本での代役を引き受けることはあり得ない。ヨーロッパで、しかも義理ある劇場から頼まれたならいざ知らず。もちろん、「きみのため」という彼の言葉が真実であると信じるほど、わたしは幼くはない。だが、彼の言葉を素直に受け止めておくのも悪くはなかった。わたしは、彼に再会できると聞いて狂喜乱舞した、と書き送る。

それにしても、「きみのために」などという甘い言葉を、こんなときに使うなんて。これは、奴隷に対する飴《あめ》なのだろうか。

彼には離婚した過去がある。現在は正式に結婚してはいないようだが、ともに暮らすパートナーがいる。スリムで小さくて、おとなしそうな女性だ。名はマリー。ファンにもみくちゃにされている彼の後ろに、いつも静かに立って微笑《ほほえ》んでいる。

「マリーは今回、仕事があるから、遅れて日本に行く。つまり、ぼくは最初の三日間はひとりなんだ。ぼくのレジデンスに来るといいよ。日本に着いたら電話する」

マリーの仕事が何かは、あえて聞かなかった。慎《つつ》ましやかな彼女の白い顔を思い浮かべると、少しだけ胸が痛い。

わたしは彼が到着してからの三日間、何の仕事もしないことに決めた。彼との時間を優先したかった。わたしがこれから彼のビッチとしてやっていけるかどうかを、彼が試そうとしているのだ。これまでは、お試し期間、いよいよテストの日がやってきたということなのだろう。そんな大事なときに、仕事などしてはいられない。

　日本に到着したその晩、彼から電話がかかってきた。

「今からすぐ乃木坂のレジデンスに来い。この間、きみがインタビューしたのと同じ場所だ。大きなバイブをもってくるように。ローションも」

　挨拶《あいさつ》の言葉もなかった。有無を言わさぬ口調だ。当然だ、わたしは奴隷なのだから。すでに、夜十一時を回っていた。緊張感からか、前の日も眠れなかったせいで、身体がだるかった。だが、彼の声を聞いたとたん、わたしの身体は、はじかれたように生き生きと動き始める。大きなバッグにバイブやローションを突っ込み、転がるように外へ出た。タクシーを飛ばして、乃木坂へ急ぐ。大通りの夜桜が、ライトアップの中で、狂ったように妖《あや》しく咲いているのを車の中から見かけた。狂っているのは、わたしも同じかもしれない。同じ狂うなら、見事に狂い咲いて、きれいさっぱり散りたい。

　彼の部屋の前で、わたしは大きく息を吸って、呼吸を整えた。膝が少し震え、すでに脚の間が湿っているのがわかる。

　チャイムを鳴らすなと言われていたので小さくドアをノックする。夜中だから、周りに配慮したのだろうか。彼の神経質な一面がかいま見られる。中から、がちゃりと鍵《かぎ》があく音がして、彼が顔を覗《のぞ》かせた。

「ミィカ、ハーイ、ウェルカム」

Tシャツにジーンズという、くつろいだ格好をした彼が、にっこり笑っていた。わたしの名前の美佳を「ミィカ」と発音する。黙っていると強面《こわもて》だし、中背だが筋肉質なので、全体的にとてもいかつい感じがする。目はいつも鋭い。まるで刑事のように、どこかで人を見極めようとしている。なのに、笑うと目尻が下がって皺《しわ》が寄り、憎めない顔になった。電話での傍若無人な物言いと、実際会ったときの態度とがまったく違う。奴隷に対する態度としては、笑顔が優しすぎた。

彼は玄関でわたしの荷物をもち、リビングに案内してくれた。二十畳はありそうなリビングだ。インタビューした日は、このリビングの広さにさえ気づかなかった。よほど緊張していたのだろう。

部屋には、家具や電化製品も、すべて備え付けてある。ひとりでやってきた彼に不足しているのは、女だけなのかもしれない。

テーブルの上に、水の入ったグラスが置いてある。

「きみも水を飲む?」

頷《うなず》くと、彼はキッチンにある大きな冷蔵庫からミネラルウォーターを取り出し、グラスに注いだ。

「酒だけじゃない。公演の十日ほど前から全公演が終わるまで、酒をいっさい断つという。公演前日はセックスもしない。絶対に」

「ボクシングの選手は、試合前日にセックスしないと言うわよね」

「エネルギーがとられるからね」

それも、ゲン担ぎのようなものなのだろうか。彼にとって、公演が何より大事だということはよくわかる。

「来たばかりでしょう？　疲れてない？」

「ストリップをしてくれ」

にこやかに話していたのに、わたしが彼の身体を気遣った瞬間、彼は急に態度を変えた。そんな話はしたくない、とでも言うように。彼の目尻がきゅっと上がっているのを見て、テストが始まると勘づいた。

外国人向けのレジデンスには、ステレオも備えつけてある。彼がCDをかけると、オペラ『サロメ』の〝七つのヴェールの踊り〟が流れてきた。これで踊らせようと、もくろんでいたのだろう。

「さあ、早く。踊るんだ。ぼくを興奮させてくれ」

彼にうながされて、わたしは立ち上がる。ワンピースの上に着ていたカーディガンを脱ぎ、それを手にもって振り回しながら、ワンピースの裾を徐々に上げていく。中はガーターベルトだ。ブラもタンガも、すべて濃紫だった。日本の男だったら、ガーターベルトを見ると、必ず「おっ」という顔をするが、さすがにヨーロッパの伊達男《だて》は、このくらいでは驚かない。

わたしは、リビングに続いているダイニングとの境目にある柱に、身体をすりつけた。足を柱にからめ、舌なめずりをして彼を見つめる。肩胛骨《けんこうこつ》のあたりまである髪を振り乱して、身体を揺らす。決して身体が柔らかいわけでもないし、ダンスがうまいわけでもない。ただひたすら、サロメを真似て、情熱をこめて、くねくねと踊り続けるしかなかった。ヨカナーンという男とキスしたいがために、義理の父親の目の前で踊ってみせるサロメのように。サロメはうまく踊って、父親から報酬をもらう。それがヨカナーンの首だ。首を抱いて、サロメは嬉々《きき》として彼にキスをする。わたしは男のペニスがほしくて、男の目の前で踊っている。彼は報酬をくれるのだろうか。

彼はソファに浅く座って、唇に指をあて、踊り続けるわたしを凝視している。その目に退屈そうな光が浮かぶのを見るとすぐ、わたしは後ろのジッパーを下ろして、するするとワンピースを脱ぎ落とした。床に座ると、大小二本のバイブレーターを彼に見せつける。タンガをずらして、小さいほうのバイブレーターを使って性器を刺激してみせる。

「もっと激しく動かせ。足を上げて、バイブを中に入れろ」

彼の声が飛ぶ。バイブを膣に突っ込み、フリッパーがクリトリスに当たるようにして、モーターを全開にした。同時に思わず声が出てしまう。

彼がソファから飛んできて、わたしの口に、すでに固くなっている自分のモノを、ぐいと押しこむ。わたしの手がバイブから離れた。バイブが床で踊って、モーター音だけが響いている。彼は、手を伸ばして小さいバイブの電源を切った。わたしの口に自分のモノを入れたまま、シックスナインの形で覆い被さるようにして、近くに置いてあった特大バイブを、いきなり膣に入れて動かす。膣の奥が震えるが、口には彼のモノが目一杯入っている。苦しかった。声が出せない。

「舌を使え、もっと激しくしゃぶれ」

いつしかタンガもブラもとられ、ガーターベルトだけの格好になっていた。彼も全裸になっている。

彼はわたしを四つん這《ば》いにさせ、後ろ手に自分のジーンズの革ベルトで手首を縛った。わたしが、膝と顔だけで身体を支える格好になるのを見て、彼はわたしの顔の下にクッションを置いた。

そしてヴァギナに入っていた大きなバイブを抜くと、なんの躊躇《ちゅうちょ》もなく、いきなりアナルに勢いよく突っ込んだ。何が起こったのかわからないほどの、あまりの痛さにわたしは絶叫した。彼がわたしの耳のあたりを、後ろから平手で打った。同時に顔は再度、クッションに強く押しつけられる。

「黙れ！　痛いはずはない。ちゃんと指四本突っ込んで訓練したのか」

彼が怒った声で聞く。訓練はした、という意味で頷いたが、彼はわたしを見ずに、直径五センチのバイブを、アナルに出し入れしつづける。痛みで自然と涙がこぼれた。痛くて痛くてじっとしていられず、頭を振り続けた。クッションがはずれる。わたしは再度、絶叫した。彼は「声を出すな」と強い口調で言って、わたしの口にハンドタオルを詰めこんだ。

激痛が続くと、意識が遠のきそうになる。ローションがあるのに、つけてくれればいいのに、と言いたいが声が出せない。

バイブを抜いて、彼は前にそれを入れる。さらに激しく出し入れを繰り返す。わたしは潮を吹いて悶えた。

「なんだ、この汁は。行儀の悪いビッチだ」

彼はそう言い、ヴァギナにゆっくりとペニスを押し込んでくる。特大バイブと同じくらい、彼のペニスは大きい。彼が動き出すと、張ったカリの部分が、襞《ひだ》をこすっているのがよくわかる。たちまちわたしのヴァギナは大喜びし、すべての襞が動き出す。動いて動いて、彼のペニスにまとわりつく。彼は浅く突いて、的確にペニスでGスポットを刺激しては、次に深く挿入して子宮口をこねくりまわす。わたしは潮をしたたらせながら、彼に合わせて腰を振る。潮が吹き出し、アナルに飛んで沁《し》みた。痛みが走るが、その激痛さえわたしは味方につけたような気分になった。激痛は、徐々に快楽へと転じていく。

彼は、「悪くはないな」とつぶやきながら、ペニスを抜き、アナルに突っ込む。そこになんのためらいもない。女のふたつの穴を行き来することは、彼にとってごく当たり前のことなのだろう。

アナルで出し入れをしながら、彼は「うーん」と気持ちよさそうに声を出した。しばらくして、またヴァギナへ。コンドームは着けていない。彼もわたしも、細菌に感染する可能性がある。それさえ忘れて、わたしは、頭に直接響いてくる痛みと快感に耐えていた。

彼がわたしをひっくり返し、仰向けにした。縛られた手が、自分の背中の下にあるから、体重がかかって痛い。だが彼は頓着《とんちゃく》しない。乳首を思い切りつねられると、快楽の波にからめとられそうになっていたわたしは、少しだけ覚醒《かくせい》する。仰向けで足を思い切り広げられ、彼はまた特大バイブをヴァギナに入れた。小さいほうのバイブは、アナルに勢いよく入れてくる。両手でバイブを操り、ときにねじるようにバイブを動かす。脳の回線が切れそうだった。うめき声しか出せない。

ふん、と彼はたいしておもしろくもなさそうに鼻から音を出し、バイブをオフにすると、ヴァギナにペニスを入れてきた。ぐいぐい突き上げられて、わたしは何度目かのオーガズムを感じた。ゆっくりと快感の階段を上っていったわけではない。ジェットコースターがいきなり落ちていくような、恐怖に裏打ちされた激しい快感だった。

その瞬間、彼がペニスを抜き、わたしの顔に放出した。

そのまま彼は、バスルームへと消えた。わたしは後ろ手に縛られているので、顔を拭《ふ》くことさえできない。頰《ほお》や鼻についた、粘りけのある液体が独特の匂《にお》いを放っている。口いっぱいに入っていたタオルをなんとか舌で押して吐きだし、四つん這いになって、タオルに顔をこすりつけた。

ひどいセックスだった。生涯で、これほどみじめなセックスをしたことはなかった。あまりにみじめで、すべての思考回路が止まっていた。しばらくたって、起きあがってみると、フローリングの床に、血が点々とついている。肛門《こうもん》はみごとに切れたようだ。さらに吹いた潮で、床が水浸しだ。潮と血が混じってピンク色の水たまりになっているところもあった。

わたしは水たまりを避け、床に直接お尻があたらないよう、お尻の穴をすぼめて正座した。それでも、裂けた肛門が、ひりひりと痛くてたまらない。

彼が、バスルームからトイレットペーパーを一巻、手にして戻ってきた。真っ白いバスローブに身を包んでいる。わたしの手を縛っていたベルトを、ようやくはずしてくれた。

「床を舐《な》めるか拭くか、どちらかにしろ」

トイレットペーパーが目の前にころころと転がってくる。わたしは、トイレットペーパーで床を拭《ぬぐ》った。自分の血と潮を。はいつくばって床を拭くわたしを、彼はソファに座って眺めている。

全部拭き終わると、彼は静かな声で言った。

「バスルームへ行っておいで」

バスルームへ行くと、洗面所の鏡に、マスカラが落ちて目の周りが真っ黒になり、激痛の涙と洟《はな》で、ぐしゃぐしゃになった顔の女が映っていた。前髪は彼の精液で固まり、髪全体が床にこすれてぼさぼさになっている。

醜い。自分の醜さを直視できず、わたしは顔を両手で覆って、しばらく泣いていた。洗面台の脇《わき》に、きれいに洗ったバイブが二本、几帳面《きちょうめん》に並べられているのに気づいたのは、ひとしきり泣いたあとだ。

ガーターベルトからストッキングをはずし、全裸になってシャワーを浴びた。肛門にお湯があたると、飛び上がるほど痛い。お湯の温度を下げ、しゃがみこんでゆっくり肛門を洗う。バスタブに流れていく水はピンク色だった。まだ血が止まっていない。

トイレットペーパーを何重にも折り畳んで、お尻のあたりに当てる。こんなことなら生理用ナプキンをもってくるんだった、と気づいたがすでに遅い。ローションをたっぷりつけ、私の準備が整ってから、アナルに入れるものだと思っていたので、まさか肛門が裂けるような事態になるとは、予測していなかった。ガーターベルトでストッキングを吊っているだけだから、下半身はとても不安定な状態だ。下手《へた》をしたら、ナプキンのように厚くたたんだトイレットペーパーが、タンガと脚の間から落ちてしまうかもしれない。

服を着て化粧を直し、言いようのない気持ちでリビングへ戻った。彼がわたしの顔を指さす。

「目の下、少し黒いよ。マスカラが落ちてる」

バスルームへ戻って鏡を見ると、確かに左目の下に、落ちたマスカラがかすかについている。なぜ、女のそんな細かなところにまで気づくのか。

再度、リビングへ行くと、彼が立ち上がって陽気に言った。

「さあ、今日は楽しかったよ。ありがとう。ぼくはこれから勉強するから」

ガラスのテーブルの上に、厚い楽譜が載っていた。わたしを追い出すために、わざわざスーツケースから取り出したのかもしれない。

「明日も会えると思う。明日は何がしたい？　考えておくんだよ。電話するよ」

彼はわたしの両頬を手で包み込むと、軽いキスをし、先に立って玄関へと向かう。わたしは身体に力が入らず、足がもつれてうまく歩けない。よろよろとあとをついていく。

バスルームを点検した彼が、むっとした声を上げる。

「バイブを忘れているじゃないか」

「ごめんなさい」

かすれた声しか出なかった。

「忘れっぽいビッチだな」

目が笑っていた。


ドアの外へ出るとすぐ、後ろで、がちゃりと鍵を閉める音が聞こえた。追い出されたような気分になる。実際、追い出されたも同然だが。深夜二時だった。あの狂乱の状態は二時間弱、続いていたようだ。

一歩、脚を踏み出すたび、肛門に痛みが走る。歩くことは、これほど肛門に力を入れることなのかと初めて感じた。折り畳んだトイレットペーパーを落とさないよう、痛みが軽減するよう、わたしはゆっくりと脚を前に出す。何も考えられなかった。何が起こったのか、わたしがどう思っているのか、わたしは怒っているのか悲しいのか、あらゆる感情が自分の中で封鎖されてしまった。起こったことは認識しているのに、それを判断する感情が動こうとしない。

すぐに広い通りに出て、タクシーを見つける気になれず、わたしは近くの公園のベンチに座った。お尻に響かないように、まず片手をベンチについてからゆっくりと。

ベンチは冷え切っていて、身体に冷気が伝わってくる。煙草に火をつけ、思い切り吸い込む。暗闇《くらやみ》に煙がたなびくのを見て、ようやく人心地がついた。

誰かと話したい。まともな誰かと。携帯電話を取り出して、登録してある人の名前を次々に見ていくが、午前二時という時間にかけることができる相手はいなかった。

半年前に別れた男の名前が目に止まる。

大きくて固いペニスを、いきなりお尻にぶち込まれたの。

そう言ったら、別れた男はなんと言うだろうか。顔をしかめる表情だけが思い浮かぶ。別れた男の番号をメモリから削除した。

何かを考えようとするが、何も考えられない。お尻が痛い。それだけだ。

彼は、少しは満足したのだろうか。次に思ったのはそのことだった。わたしは彼の奴隷として、合格点をもらえたのだろうか。今、何より重要なのはそのことだ。


翌日の午後一時、彼から電話がくる。

「ミィカ、今日は残念ながら会えなくなった。劇場関係者と打ち合わせをしなくてはならないんだ。明日、時間がとれたら会えると思うけど、まだわからない。じゃ」

言いたいことだけを一気に話す。わたしがわかったと言いかけたときには、すでに電話は切れていた。人を人とも思わない態度というのは、こういうことを言うのだろう。だが、そのとき、わたしはお尻の痛みを感じながらも、ヴァギナもアナルも、彼のペニスを待ち望んでいることを自覚していた。

急に暇になってしまったが仕事をする気にもなれず、ベッドに寝ころぶ。寝不足がたたって、そのうち本格的に眠ってしまったようだ。携帯電話のメール着信音で飛び起きた。

「すぐに来い。五時から六時まで一時間だけ身体があいた。間に合わなかったら、きみはビッチとしては失格だ」

彼からだった。時計を見ると四時だ。電車を乗り継いで急げば、五時前には着く。化粧を直し、着替えてアパートを飛び出した。会えなくなったと言ったはずなのに、急に呼び出すなんて。ほんの少しでも、時間さえ見つかれば、自分の欲求を満たしたいと思うのだろうか。

彼のレジデンスに着いたのは、ぴったり五時。

「服を全部脱げ。台所へ行って、シンクの中にあるものを、ヴァギナとアナルに入れて戻って来い」

部屋に入ると、いきなり命令された。台所へ行ってみると、ヘタをとったズッキーニと茄子《なす》が、洗ってシンクの縁に立てかけてある。どっちをどっちに入れればいいのだろう。だいたい、アナルには何も入らない。まだ痛みが消えないのだから。しかたなく、ズッキーニをヴァギナに入れ、茄子は口にくわえてリビングへ戻る。

「なぜ、茄子をアナルにいれない？」

「痛みがひどいのよ、昨日の……」

言いかけたところで、いきなり床に押し倒され、乳首がちぎれるほど歯を立てられた。激しい痛みの底に潜む、一筋の甘い快楽が、嵐に巻き込まれる前兆に感じられる。彼はわたしの上半身を抱き起こし、梱包《こんぽう》用のビニールの紐《ひも》で、胸のあたりを縛る。乳房の間がバッテンになるように。さらに洗濯ばさみで、飛び出している乳首を挟んだ。痛みで、わたしはもんどり打つ。ズッキーニはとっくにヴァギナから飛び出していた。

そのズッキーニを、彼はアナルに力任せに突っ込む。あまりの痛さに、うめき声とともに思わず足を閉じると、彼は自分の足でわたしの両方の太ももを広げて固定した。さらに腰の下にクッションを置く。ヴァギナもアナルも、彼の目にさらされた。痛みと羞恥心《しゅうちしん》でわけがわからない。

「本当に痛いの。勘弁して、お願い」

朝、手鏡を二枚使って見たら、アナルは開ききって、花が咲いたように、中の粘膜が飛び出していた。

必死に痛みを訴えるが、彼はにやにやしているだけだ。

「じゃあ、なんでこんなに濡《ぬ》れているんだ。これを見てみろ」

彼が、ヴァギナに触れた指を、わたしの鼻先に突きつけてきた。透明な汁が滴っている。こんなに痛いのに、こんなに屈辱的なのに、ヴァギナだけは、わたしを裏切って歓《よろこ》んでいた。身体に指令を下すのが脳の役目ではないのか。脳まで私自身を裏切っているのか。脳は、快感と不快感の区別がつかなくなっているのか。

彼がわたしの顔の上に、腰を下ろす。身体を完全に前へ倒せば、シックスナインの形になるが、彼はそうしようとはしない。固くなって皮が張りつめたペニスの先端が、喉《のど》の奥のほうまで届き、げえっと吐きそうになった。

「もっと奥で咥《くわ》えるんだ。ずっと奥まで入れるんだ」

そう言われても、つらいだけだ。涙が出てくる。彼は怒って、乳首を挟んでいる洗濯ばさみの先端をズッキーニで突く。乳首が取れそうな恐怖感が襲ってくる。彼は少しだけ前のめりになって、ヴァギナに入れた茄子を、激しく出し入れする。スピードがどんどん増し、彼が茄子を抜いたとき、潮が二メートルほど噴き出した。

「どうしてこんなに行儀が悪いんだ、この奴隷は」

彼は本気に見えるほど怒っている。いや、本気なのかもしれない。さっき、アナルに入れたズッキーニを、わたしの口に無理やりねじこんでくる。排泄《はいせつ》物の匂いに、今度は胃の奥から吐き気が上がった。

彼は正常位の姿勢で、ヴァギナとアナルに交互にペニスを出し入れしはじめる。そのつど、ヴァギナの快感とアナルの激痛が、代わる代わるやってきた。もうどちらに何が入っているかさえわからない。最後はアナルで果てたようだ。

「六時に人が迎えに来るんだ。もしかしたら、少し早めに着くかもしれない。急げ」

彼は、そう言うなり、さっさとバスルームに消えた。わたしにはバスルームも使わせないということらしい。六時までには、あと十五分しかない。

わたしは重くなった身体を無理やり、手の力だけで起こし、そのまま身支度をする。あっという間に、彼の部屋を出されていた。

身体が生臭く匂った。排泄物と血と、わたしの愛液と彼の精液の匂いが混じっている。このまま電車に乗っては帰れない。かといってタクシーに乗るのも気が引けた。密室で運転手に何か尋ねられるのも嫌だったし、話をしなければいけないのも苦痛だ。せめて、陰部とお尻を洗いたい。とっさに、どこかに銭湯でもないかと街を見渡す。だが、お尻から血が垂れるかもしれないから、もし、銭湯を見つけたとしても、寄ることはできない。

わたしはよろよろと歩きはじめ、途中のコンビニでハンドタオルを買った。六本木まで歩き、小さなカフェを見つけて入った。

投げやりにコーヒーを注文すると、すぐにトイレに籠《こ》もり、タオルを濡らして、陰部を拭いた。お尻もそっとタオルで押さえる。かなり出血していた。あちこち痛いので点検すると、ビニールのひもが食い込んだあとが身体に残り、乳首は真っ赤に腫《は》れ上がっている。このまま警察に行ったら、暴行罪で訴えることもできそうな痕跡《こんせき》だ。腫れ上がった乳首は非常に敏感になっていて、冷やそうとタオルで押さえただけで、飛び上がるほど痛かった。だが、なぜか彼が与えた痛みは、必ず甘さをともなっていて、わたしの子宮の奥をひくつかせる。そして、それは、最後には快感に変わってしまう。

前日の轍《てつ》を踏まないよう、生理用ナプキンをもってきていた。ガーターベルトをはずし、Tバックを脱ぎ去り、わたしは普通のショーツに、生理用ナプキンを貼《は》りつけた。生理のときより少し後ろにずらして。そしてパンティストッキングをはいて、きっちり押さえる。タオルを棄て、トイレを出たとき、わたしは奴隷から、普通の女に戻った。

マリーが来日したのだろう、彼からの電話は来なくなったが、メールは毎日やってきた。代役の公演がいかにむずかしく、つらいものかを切々と訴えている。それでも、最後には、自分は絶対うまく歌ってみせるという決意も書かれていた。彼が「奴隷」と位置づけているわたしに、そんな心情を吐露してくるのが、どこか不思議だった。公演日が近くなると、緊張感が増し、それを吐き出さずにはいられなくなるのだろうか。

「ビッチになれ、僕たちは特別な関係だ」

彼が最初にそう言っていたとき、わたしはうっかり「わたしはずっとあなたが好きだった」と告げてしまった。

「ぼくときみとは、公の関係ではない。マリーとぼくは公の関係だ。だが、それは仮面の関係でもある。きみとぼくは違う。いちばん根本的なところでつながっている特別な関係になるんだ。わかるだろ?」

そんなわけのわからない説得に、わたしは納得してしまっていた。だが冷静に考えれば、それは、「身体だけの関係、精神を持ち込まない関係」という意味だ。普通の男女関係を彼に求めてはいけない。だから、わたしは彼に仕事上の細かい話や、わたしの私生活について、ほとんど何も話していなかった。

「僕たちの接点は肉体だけだ」

と、彼が言ったこともある。必要以上に、自分のテリトリーに踏みこませないという点で、彼は頑固だった。それはまた、芸術家ならではの神経質な、小心な頑固さでもあった。わたしは何の抵抗もせず、それを尊敬とともに受け止めてもいた。

ところが公演日が近づくと、彼は気弱なメールばかり送ってくるようになる。

「今回ばかりは自信がない。あんなむずかしい歌を、しかも代役で歌うなんて、無謀な決断をしたかもしれない」

「うまく歌えなかったら、日本の聴衆は怒るだろうか」

彼のどこに、これほどの気弱さが隠れていたかと思うほどだ。

「大丈夫。あなたなら、あのむずかしい歌も絶対に最高にうまく歌えるはず」

「あなたは世界最高のテノールなのよ。みんなが、あなたの歌に期待している。あなた以外に歌える人はいない」

わたしは毎日、そうやって励ました。珍しく素直に、「ありがとう」と反応してくる。その素直さが怖かった。公演本番が近づいた歌手の心境は、おそらく平常心から少し逸脱するのだろう。

公演初日、彼の出だしの第一声を聴いたとき、わたしはふと違和感を覚えた。いつもの艶がない。針の先ほどの不安定さが声に潜んでいる。何百回と大舞台に立ってきた人だから、多少、喉の調子が悪くても、それをカバーするテクニックはもっている。だから、他の聴衆には、そう簡単にわかるはずはない。だが、わたしにはわかった。

彼の調子が完璧《かんぺき》ではないことが。こと、歌うことに関しては完璧主義である彼自身が、その状態にいらだっているであろうことは、容易に想像がついた。

そうなると、わたしもオペラの内容など頭に入らなくなった。ひたすら彼の調子が気にかかる。気づくとわたしは手に汗を握り、首筋にも冷たい汗をかいていた。

休憩時間になると、わたしはロビーに飛び出して、きりきりに冷えたシャンパンを一気に喉の奥に流しこむ。ようやく少しだけ落ち着いた。さらに会場のテラスへ出て一服する。まだ陽は完璧には落ちていない。いつしか桜は葉桜になり、木々の青さが濃くなっている。緑のもつ生々しい生命力が、今のわたしには少し重い。

テラスには見知った顔があった。オペラファンの友人だ。

「久しぶり。来てると思ったわ」

彼女とは、いつも劇場で会っているうちに顔見知りになり、言葉を交わすようになった。劇場以外で会ったことはない。オペラを聴く人口は限られているのだろう。話したことはないが、顔だけはよく見かける聴衆はたくさんいる。

「素晴らしかったわね。今の幕」

彼女は、彼の名前を挙げて褒めたたえた。やはり通常のファンにはわかっていない。

彼女に同調しながら、わたしの心拍数は少しずつ下がっていく。

彼はなんとか最後まで歌いおおせた。大きな瑕疵《かし》は見あたらないが、完璧にはほど遠い。彼の絶好調のときに比べると、そうとしか言いようがなかった。歌い終えた彼も、声が裏返るような明らかな失態はなかったことに、安堵《あんど》しているように見える。

カーテンコールが始まり、彼が最後に出てくると、大きな拍手とブラボーの声が飛んだ。ほっとするのも束《つか》の間、ブラボーに混じって、ひとりだけ「ブー」という音を発している男がいた。三階か四階か、上のほうから飛んでくる。舞台上の彼が声のするほうを見上げている。はっきりとブーイングを聞き取った彼は、一瞬、険しい顔をして、声のするほうを指さした。そして「そんなことするなよ」というように、指を自分の鼻先で振って見せた。客たちは、男のブーイングを消し去ろうとするかのように、さらに大きな拍手をする。客席の空気が一瞬、狂気に満ちる。彼は、その客たちに向かって深々と頭を下げ、客の情熱を受け止めるように胸に手を当てた。

その晩、わたしは彼の歌声がいかに素晴らしかったか、心に響いたかを必死で書き送った。

翌日の昼ごろ、彼からのメールが来た。

「きみがどんなに褒めてくれても、ぼくは、はっきりとあのブーイングを聞いたよ。あれは誰なんだ？　屈辱だ。ブーイングを浴びせられるほどひどい歌を歌った記憶はない。あれが誰だか、突き止めてくれ」

「たったひとりだけよ。あの人、きっと目立ちたかっただけ。そんなの気にすることはないわよ」

だが、彼は納得しない。再度、すぐにメールが来た。

「主催者に問い合わせれば、誰だかわかるだろうか。きみはヤツの顔を見たか?」

「わたしの席からは、顔まではわからなかったわ。たぶん上のほうの階にいた人だけど」

彼は相当憤慨している。

「実は前日から不調だったんだ。公演が始まる直前に、体調が悪いとアナウンスしてもらおうかと思っていた。だけど、そんなアナウンスに意味はないだろう。よくそうやって言い訳をする歌手がいるけど、ぼくはそんなことはしたくなかった。客はぼくを聴きに来ている。言い訳なんかせずに、がんばりたかったんだ」

「あなたは男らしいわ。言い訳しないなんて、まさに男だわ」

その言葉で、彼はようやく落ち着いたらしい。彼にとって、「男らしい」という言葉は、かなり効果があったようだ。その後も、何かあると、彼はこの言葉を暗に求めた。ひょっとしたら、彼は「歌手」として認められる場をもっていても、「男」として褒めそやされる場がないのだろうか。あるいは、すべての肩書を取り払ったところにいる「ただの男」としての自分が揺らいでいたのか。

3　刻印

わたしは年に一、二回、仕事が一段落するとひとりで海外へ行く。毎日のように続くインタビューの仕事は、未知との遭遇の連続で、興味や好奇心は満足させられるが、その分、神経をすり減らす。相手に関する膨大な資料を読んだり、どんな質問をするか、インタビューの核を考える時間は、睡眠を削ってもとらなければならない。たまに海外でオペラを見たり、知らない街で知らない人と、ほんのささやかなふれあいを楽しんだりして、自分自身を取り戻す時間が必要だった。

彼の代役来日公演から二か月後、わたしは梅雨《つゆ》の日本を発《た》って、さわやかな季節のウィーンへ出かけることにした。ウィーンは大好きな街だった。最初に行ったときから、なぜか「帰ってきた」という安心感があった。そういえば、偶然、彼を最初に聴いたのもウィーンだった。

今回、ウィーンにあなたを聴きに行くとメールを出すと、

「ひとりになれる時間があるかどうかわからないけど、なるべく時間を作って、きみ

が泊まっているホテルへ行くよ」

という返事が来た。

わたしはホテルの電話番号と、携帯電話の番号をメールしておく。

仕事をかたづけて荷物を作ると、いつも徹夜のまま成田空港へ行くはめになる。ラッシュの始まる前の朝早い電車に乗って成田へ行き、飛行機のチェックインを終わらせるころが疲れのピークだ。スーツケースを預け終えると、飛行機が見えるラウンジで、ぼんやりとコーヒーを飲む。しばらくは、日本とお別れだ。いつもパソコンは持っていくので、現地で原稿を書くこともできるのだが、なるべくそれはしたくない。頭も心も空っぽにしたい。しかも今回は、彼との逢瀬もあるかもしれないのだから。

十二時間の空の旅は、何度か軽くまどろんでいるうちに終わっていた。空の旅を楽しむゆとりなど、わたしにはない。彼とウィーンで会えるのか、会ったら何をどうされるのか、そう考えてはまどろみ、夢の中で彼のペニスをしゃぶり続けていた。

到着すると、まずは空港ロビーで、スーツケースを傍らに置いたまま、一服する。ウィーンでは、禁煙など無縁だ。空港内であっても、あちらこちらに喫煙所がある。家族や友人を送りに来ている人、迎えに来ている人、空港で仕事をする人がごった返している雰囲気と、そこかしこで上がっている紫煙に浸ると、ウィーンにたどり着いたという思いが濃くなっていく。

常宿にしているホテルへ行くため、タクシーに乗る。二十分ほどで市内いちばんの繁華街にあるホテルに着く。新しくてきれいで機能的なホテルはたくさんあるが、わたしはいつも、古いけれど、どことなく温かみがあるこのホテルに泊まってしまう。ドアを手で開け、荷物を引きずるようにして入っていくと、すぐフロントがあり、見知った顔がにっこりと迎えてくれる。小さなホテルで客も少ないせいか、このホテルは三回目くらいから、完全にわたしの顔を覚えてくれている。

「元気だった？　またオペラを聴きに来たの？」

フロントの係員や、ロビーに集まって喋《しゃべ》っている従業員たちと、次々に握手を交わす。ホテル全体に、のどかな雰囲気が漂っている。それが、機能的な最新ホテルにはないよさだった。チェックインをすませて、指定された部屋へ入る。

まずはパソコンをつなげて、メールをチェックする。彼からのメールも入っていた。

「ようこそウィーンへ。ミカ、悪い知らせがある。きみに会えないかもしれない。でもぼくは諦《あきら》めない。なんとか時間を作るつもりだ」

妙に大仰な言い回しだ。いつもの彼と、少しだけ様子が違う。わたしは日本のビッチだから、わたしが彼のいるウィーンへ来たら、扱いも奴隷より格上げされるのだろうか。

しかし、その晩、いつもの彼が顔を出し始める。

「明日の午後四時、ぼくが借りているアパートへ来い。一時間だけひとりになれる。きみが泊まっているホテルから、歩いて十分とかからない場所だ。ホテルの部屋にあるバスタオルをもってくるように」

簡単に場所が説明してある。わたしのホテルの裏手から少し東へ行った、小さな広場に面したところに、そのアパートがあるようだ。

翌日三時半、わたしは早めにホテルを出た。彼のメールに書かれていた目印のブティックを曲がり、しばらく歩くと広場に出た。ヨーロッパのアパートには名前がない。クリーム色の七階建て、入り口の扉が薄いグリーン。それだけで探すのは無謀だ。クリーム色の建物だらけなのだから。

建物には必ず住所表記があるが、彼は住所は教えてくれなかった。聞いておけばよかったと後悔する。ホテルからいくつ目の広場に面しているかも聞き損なった。十分とかからないはずなのに、わたしはすでに、二十分も歩き回っていた。いくつ目かの広場を歩き回り、ここまで来ては行き過ぎだろうとまた戻る。しまいには、どこをどう歩いているのかわからなくなってしまう。焦った。彼は時間に厳しい。そもそも時間がないと言っていたから、遅れたら怒られる。いや、それより、こんなに迷っていたら、彼に会えないかもしれない。爽《さわ》やかな風が吹き抜けているのに、身体が汗ばんでくる。息が短くなり、焦燥感からくる冷たい汗が、脇の下をたらたらと流れていく。

さっきから、同じようなところをぐるぐると必死に歩き回っているわたしを、広場でくつろいでいる人々は怪訝《けげん》な目で見ている。実際は誰も気にしていないのだろうが、そんなふうに感じられてならない。メインストリートではない、こんな場所には観光客より地元の人たちが多い。彼らは、話しかければ親切に答えてくれるが、向こうからは、めったに声をかけてこない。その微妙な距離の取り方が、イタリアなどと違って、ウィーンの居心地のよさでもあるのだが、このときばかりは、誰かに助けてもらいたくて涙が出そうになった。人に尋ねようにも、詳しい住所がわからないのだから、聞きようがない。

いや、こういうときこそ、落ち着かなければいけない。迷ったときは、最初の場所に戻るに限る。そう思って、ホテルを出てすぐの目印であるブティックまで戻ろうと、ある広場にさしかかると、どこからか「ミィカ」という聞き慣れた声がした。石畳に石の建物ばかりだから、声はそこら中に響いて、澄み渡った青い空に吸い込まれていく。

どこから声が聞こえるのか。それとも空耳か。わたしは噴水のある広場のまん中で立ち止まり、前後左右を見渡した。出発前に新しく買ったばかりの鮮やかなオレンジ色のワンピースの裾が揺れる。広場のまん中でくるくる回っているわたしを、周りにいた人たちが注視しているのを感じた。だが、わたしには、そんなことを気にしている余裕はない。

彼の声はどこから来るのか。ふと見上げると、とある建物の最上階の窓から、彼が身を乗り出して、手を振っているのが見えた。わたしは飛び上がって手を振り返し、一心不乱に、その建物に向かって走っていく。ハイヒールが石畳を心地よく蹴《け》る。

入り口のドアは、彼が上からロックをオフにしておいてくれていたらしく、すんなり開いた。最上階の七階でエレベーターを降りると、彼が立っていた。

「ものすごく迷っちゃった」

「広場のまん中で、くるくる回っているきみをしばらく見てたんだよ」

「意地悪ね」

彼を見つめるわたしの目には、媚《こ》びが浮かんでいたはずだ。

七階は、ワンフロアすべてが一世帯分の部屋だった。ホテルではなく、完全なアパートだ。リビングに入ると、恐ろしいほど高価な調度品があふれていた。大きなグランドピアノ、見事な一枚革の焦げ茶色のソファ、螺鈿《らでん》のテーブル、そして暖炉。暖炉の上には、日本製だろうか、真っ黒な漆塗りの小箱がある。床は大理石だ。きらびやかではないけれど、高級なものがさりげなくあふれかえっている。贅《ぜい》を尽くすというのは、こういう部屋のことかもしれない。

「いったい、このアパートは何なの？」

「ここは、ある人の持ち物なんだ。今回、彼の息子に頼んで公演の間、三週間だけ借りることにした」

彼は世界的に有名な、今は亡きオペラ歌手の名前を挙げた。だからこそ、彼はホテルのバスタオルをもってくるようにと、わたしに命じたのだろう。床を汚さないように、あるいは汚してしまったとき拭くように。バスタオルは備えつけてあるのか、あるいは彼自身が持ち込んでいるのかわからない。いずれにしてもそれは使いたくないということだ。洗濯するマリーへの配慮もあるのだろう。マリーがどこにいるのかわからないが、彼女に露見することを恐れていると同時に、彼がわたしとのことに自分の持ち物を使いたくないという気持ちが表れている。

「全部脱げ」

命じたあと、かれはつけ加えた。

「どこも汚すな。バスタオルを敷け」

わたしは黙って、床にバスタオルを敷いた。彼はわたしをその上に転がし、正常位の格好で大きく足を上げさせると、いきなりお尻にぶち込んできた。狙《ねら》いをつけた場所に勢いをつけて入れる。まさに「ぶち込む」としか言いようのない挿入だった。お尻の穴が、ぴきぴきっと小さな音を立てて裂けるのがわかった。思わず声を上げると、頬を張られた。

彼は抽送《ちゅうそう》を繰り返す。濡れていないから、摩擦が大きいのだが、それが気持ちいいのか、大きくゆっくり出し入れしつづける。そのたびに、ペニスは少しずつ奥へと侵入してくる。内臓を突き上げられるような感覚が、だんだんと快感に変わっていく。お尻でも、オーガズムを得られるというのは本当のようだ。ヴァギナより、もっと直接、内臓を揺さぶられるから、全身がわななくようになる。もう少しで、爆発的な快感がやってくるという兆候を感じる。

わたしは、下から彼の顔をうかがう。イキそうよ、と言いかけて、わたしは口をつぐんだ。彼が空を睨《にら》んでいて、わたしをまったく見ていなかったから。そのうち、お尻からペニスを抜くと、そのままわたしの口に入れてくる。排泄物の匂いにむせる。喉の奥までペニスで塞《ふさ》がれて苦しい。彼はわたしの髪をつかんで上体を起こさせ、自分は膝で立った。髪をつかまれ、有無を言わさず、頭を激しく上下させられる。苦しくて涙が出るが、彼は頓着しない。自分の快楽をひたすら追求する。わたしの快楽には無関心だ。

そのとき、ピンポンと玄関のチャイムが鳴った。彼が動きを止める。

「マリーが帰ってきたの？」

「いや、そんなことはないはずだ」

彼は下着とTシャツだけ身につけて、玄関へと急ぐ。途中で振り向いて、静かにしていろと言うように、人差し指を口に当てた。

どうやら、一緒に劇場に出ている歌手仲間だったようだ。玄関から、大きな声でのやりとりが聞こえてくる。歌手同士だと小声で話しているつもりでも、声が響いてしまうのかもしれない。あとで食事でもしようと言っているのだろう。

彼は戻ってくると、やはり共演者の有名歌手の名前を出した。その歌手も、このアパートにいるのだという。

「後ろを向け」

わたしを四つん這いにさせ、今度はヴァギナに入れて、素早いピストン運動を繰り返した。それだけで、わたしは情けないほどあっけなくイッてしまう。彼は当然のように、またもペニスをお尻へ入れる。わたしの愛液をつけたままであろう彼のペニスは、深く深くわたしの内臓を貫いていく。圧迫された胃がのど元へせり上がってくるような、不快と快感の狭間《はざま》で、わたしは揺れ続ける。次の瞬間、彼はうっとうめいて果てた。ほんの少しの間、わたしの腰を抱いたまま、彼は動きを止めて身体を預けてくる。

「早く身支度をしろ」

お尻からペニスを抜くと、自分だけシャワーへ直行する。わたしは重くなった身体を引き上げるようにして、のろのろと起きあがり、鮮やかなオレンジ色のワンピースを着る。バッグを探って、ナプキンを取り出し、お尻に当てることだけは忘れなかった。バスタオルを丸めてバッグに突っ込み、手を洗うことも化粧を直すことも許されずに、いつもと同じく追い出されるようにアパートを出た。

外へ出ると、夕方近くの石畳の街には、かなり涼やかな風が吹いていた。こんなとき、風は冷たければ冷たいほどいい。身も心も洗われる。広場では家族連れやカップルが、のんびりと語らったりくつろいだりしている。

今、わたしがしてきた行為は何だったのか。汚れた行為なのか、ただの快楽の交換なのか、あるいは何か心身から発散されるエネルギーのやりとりなのか。広場のベンチに座って、自分の生臭さを風に吹き払ってもらう。お尻が痛くて、座り直そうと腰を浮かすと、彼の精液がとろりとこぼれ出るのを感じた。なぜか涙もこぼれ落ちる。うれしいのか悲しいのか、やはりわからない。時計を見ると、彼の部屋にいたのは、きっちり四十五分間だった。

バッグから小さな鏡を出して、顔を見る。落ちたマスカラで目の下は真っ黒、口紅は取れ、顔色もよくないが、彼に殴られた片頬だけが赤くなっている。よく見ると、指のあとが残っているようだ。目の下を指で拭い、口紅をつけ直し、髪の毛で赤い頬を隠して、わたしは、街でいちばん大きなカトリック教会へ行った。それで許されるとは思わなかったが、マリア像や十字架に向かって手を合わせると、何かが救われるように思えた。

　ふと考えると、彼の公演は翌日だった。公演の前日は、セックスしないはずではなかったか。今日しか時間がとれないと思ったから、日頃、自分に課している禁を犯したのか。それとも、わたしに会いたかったのか。あるいは、とにかく「したかった」のか。いずれも当たっているようで、当たっていないのかもしれない。

　翌日、彼のオペラ公演を観たあとで楽屋口を通ると、そこには大勢の人が集まっていた。みな、歌手たちが出てくるのを待っているのだ。ぼんやり立って見ていると、いろいろな歌手たちが出てきては、ファンに取り囲まれてサインをねだられている。

　終演後に楽屋口で待つことを「出待ち」というが、ファンの数は、大勢とはいえ、日本ほど多くない。ウィーンにはビッグネームの歌手が頻繁にやってくるから、聴こうと思えばいつでも聴ける。歌手を招いてのラジオの公開番組なども、よくおこなわれていて、歌手とファンの距離が近い。公演が終わってまで、歌手を待ち続ける必要がないのかもしれない。

　最後に、彼も出てきた。二十人ほどのファンが群がる。彼はさっと見渡して、少し離れたところにいるわたしを見つけると、軽くウィンクして見せた。後ろには、マリーが控えている。彼女はいつしか日本のファンであるわたしを見知っていたのか、目が合うと、ニコッと笑った。その笑顔に惹《ひ》きつけられて、わたしは彼女に近づいていく。

「こんばんは。ミカよね」

「ええ、わたし、ちゃんと自己紹介したことがなかったわね。ごめんなさい。ミカです」

「わたしはマリー。彼が、あなたの取材を受けたと言っていたわ。とてもいいインタビューだった、と」

「ありがとう」

「いつまでこちらにいるの？」

「もう一度、彼の公演を観たら帰るわ。あなたたちはまた、近いうち日本に来るのよね」

「ええ。秋には行くわ。彼は日本が大好きだから、日本からのオファーは絶対に断らないの。この前みたいな突然のオファーもね」

マリーとハグを交わし、彼に視線を送りながらホテルの方向へと足を向けた。群がっているファンと同じように、パンフレットにサインをもらう気にはなれなかった。彼は一瞬、去っていくわたしをちらと見て、誰にもわからないくらいのウィンクを再度送ってきた。

わたしはマリーとの会話を、頭の中で再現しながらつぶやく。そうよ、インタビューの日、あなたが出かけている少しの時間に、彼とわたしは最初にファックしたの。この前の突然の来日は、「きみのために行く」と、彼は言ったわ。ここウィーンでも、昨日、あなたが留守の時間に、彼がわたしのあそこにペニスをぶち込んだの。わたしはあなたも知っている、あの固くて大きなペニスに貫かれて、何度も意識を失いかけたわ。あなたが座っているリビングのソファのすぐそばの床に、拭《ぬぐ》いきれなかったわたしの愛液が残っているかもしれない。

だが、マリーはそんなことなど、微塵《みじん》も疑っていない。ひたすら彼を信じて、彼を愛している。なにげなく彼を見る視線にさえ、彼への静かで強い愛情が感じられた。だからこそ、わたしはまったく罪悪感を覚えない。嫉妬《しっと》する意味さえなかった。彼らの間にあるのは愛情、彼とわたしのあいだにあるのは快楽と禁断の世界だ。わたしは、最初のときから、「彼と結ばれた」わけではないと、わかっていた。「彼とファックしただけ」だ。あまりにかけ離れたものは、比べることさえできない。

翌日、朝食をすませて、美術館巡りでもしようと外へ出た。モーツァルトも歩いたはずの石畳を踏みしめながら、クリムトの絵がある美術館を目指す。トラムと呼ばれる路面電車に乗ればすぐなのだが、わたしはゆっくりと街を楽しむために、いつも歩いて行く。

クリムトの絵と再会を果たし、世紀末の頽廃美《たいはい》を心ゆくまで味わう。そういえば、今もウィーンは、どこか頽廃的な美しさに彩られた街だ。それは同時に街が、そして街に住む人々がもつ、懐の深さでもある。

満足した気分で美術館の外へ出ると、携帯電話が鳴った。

「ミィカ、何してる？」

彼からだ。

「クリムトの絵を見たところ。あなたは？」

「これから劇場の人と打ち合わせなんだ。終わったら、きみのいるホテルに寄る。部屋番号は？」

番号を告げ、何時頃になるの？と言いかけたとき、電話が切れた。わたしの都合など、おかまいなしだ。あらゆる時間とチャンスを見つけて——それがどれほど仕事と仕事の合間の寸断された時間であろうとも——有効活用しようとするのが、関係が始まったばかりの男の心理なのかもしれない。いずれ、そのマメさは消滅していくものだが、めったに会えないという障害のある関係だったり、大手を振って公言できない関係だったりする分、あらゆるチャンスを見つけようとする時間は、長引く可能性が高い。そう考えて、この関係が長引くことを、わたしはどうやら望んでいるらしいと気がついた。

そのままホテルへ戻り、部屋に籠もる。これから打ち合わせだと言っていたが、どのくらいかかるものなのかまったくわからないから、出かけてしまうわけにもいかなかった。とりあえず、シャワーを浴びる。朝、浴びたばかりだが、彼が来るなら、もう一度、念入りに洗っておかなくては。あのペニスが入ってくる場所を。ヴァギナとアナルに次々に指を入れ、少しだけ指先を動かしながら、念入りに洗った。

ブラとTバックを着け、その上に深いワインレッドのシルクでできたスリップドレスを着る。この日のために奮発したのだ。

化粧を直し、落ち着かない気持ちのまま、ベッドに座る。本を読もうとするが頭に入ってこない。部屋をうろうろし、パソコンでメールチェックをし、また部屋をうろうろする。

窓の下を行き交う、さまざまな人たちを見ていると、少しだけ気持ちが落ち着いてくる。ウィーンでは、大道芸が盛んだ。プロも顔負けのオペラのアリアを朗々と歌う若者や、ヴァイオリンでモーツァルトやシューベルトを奏でる者もいる。窓を開けると、人々のさんざめきと、それらの音楽が冷たい風に乗って部屋に入ってくる。

二時間後、唐突にドアがノックされ、彼がやってきた。Tシャツに綿のパンツ、綿のジャケットという軽やかな出《い》で立ちだった。この街では知られた顔だから、顔を隠すためか、さほど陽差しは強くないのに、サングラスをかけている。

彼はサングラスをはずし、丁寧にジャケットのポケットにおさめた。ハグしてキスすると、彼は仲のいい昔からの友だちに対するように、にこやかに言った。

「ハーイ、ウィーンの居心地はどう?」

「この街は大好きよ」

言った瞬間、スリップドレスをめくり上げられていた。Tバックの横から彼が、いきなり指を入れてヴァギナに触れた。少し刺激されただけで、わたしのあそこは、たらたらと液体を垂らした。まるで、お預けをくった犬のよだれと一緒だ。彼がさらに指を奥へ入れると、下腹部の内側が急に盛り上がって熱くなり、水道の蛇口をひねったように水が噴き出した。下着もスリップドレスも台無しだ。彼が慌てて、指を引き抜く。

「行儀の悪い女だ。それほどほしかったのか」

「ほしかった。いつでもほしいの」

彼はわたしを床に転がすと、ヴァギナに怒ったように固いペニスをぐいっとはめこんでくる。すでに充分濡れているわたしは、入れられた瞬間、イッてしまった。

「もうイッたのか。しょうがないビッチだ。奉仕しろ」

彼はペニスを引き抜いて、仁王立ちになり、わたしの顔の前にぬっと出す。わたしの液体にまみれたそれは、てらてらと光っていた。まるで彼のペニスが、内部から光を放って輝いているようだ。ペニスは筋を立てて、なにものかに向かって怒りを表明するかのように屹立《きつりつ》している。まっすぐに。

　このペニスは、どこかに入らないと収まりがつかない。私のヴァギナは、このペニスを入れられないと完結しない。

　わたしは息を整える間もなく、目の前に突き出されたペニスに向かって、口を近づけようとした。ところが、オーガズムを感じると、身体は急に重くなり、自分でももてあますほどになる。なかなか起きあがれないわたしの様子を見て、彼はわたしの脇の下に両手を入れて、無理やり身体を起こさせた。

　舌を尖《とが》らせて、尿道口を刺激する。それから思い切り喉の奥まで突っ込んで、頭を上下させた。

「舌を使え」

　彼の指令が飛ぶ。喉の奥深くまでペニスを咥《くわ》えこみ、さらに舌をねじるようにしながらペニスに絡ませ、ねちっこくしゃぶり続ける。

「もっと激しく舌を使うんだ。舌を激しく動かして、唇は、ゆっくりと上下させるんだ。へたくそだな」

　彼はいらいらして、わたしの髪を摑む。

「ハーモニカのように咥えろ」

横からハーモニカを咥えるようにペニスを咥え、舌を動かす。ペニスの先端が頬の内側に当たる。

彼は自分を鼓舞するかのように、足下にうずくまって奉仕するわたしの乳首をつねる。さらに爪《つめ》で思い切りつまんだ。痛い、と思わずうめくと、彼はさらに乳首をひねり、わたしをまた床に転がして、後ろからお尻をペニスで貫いた。

二日前のお尻の痛みはすでに消えている。それどころか、お尻に入ったペニスは信じられないほどスムーズに動いていた。そのうち、わたしはヴァギナでは感じたことのない、身体中の細胞がすべてばらばらに散っていくようなざわつきを覚えていく。彼が激しく突けば突くほど、口から内臓が飛び出しそうになればなるほど、恐ろしいほどの快感がわたしを支配した。絶叫しかかったとき、彼がわたしの口を押さえた。

「黙れ、声を出すな、叫ぶな」

それでもわたしの身体中の震えと、全身を襲う快楽はやまない。低い唸《うな》り声は、どうがんばっても抑えられなくなっていく。わたしは完全に獣になった。勝手に腰がはねるように動き出す。

唸り声が、だんだんすさまじくなっていく。声は声帯から出ているのではなく、内臓から出ている。自分の唸り声が、とても人間のそれとは思えなかった。何か別の生きものが身体に入り込んで、地獄の底から響いてくるような唸り声を上げているとしか思えない。

　彼はわたしを抱きかかえ、ベッドにうつぶせ状態に投げると、枕《まくら》を顔に押し当てて声が響かないようにした。そして再度、アナルでのピストン運動を続けた。彼のペニスは長く、太く、しかもいつもカチコチに固くなっている。それほどの熱い棒で、こんなにかき回されたら、内臓の位置が変わってしまうかもしれない。身体の中で、内臓がひとつひとつ踊り狂っているかのようだ。

　ヴァギナとは違うオーガズムを、わたしは完璧に手に入れた。それは、彼の「刻印」でもあった。離れられない、と感じたそのとき、わたしは少しだけ怖くなる。

4 禁断の世界へ

日本に戻ってから、わたしはアナル用のバイブレーターを買った。直径一センチから二センチほどの球がいくつも連なっているように見える、細めのバイブだ。アナルに入れて電源を入れれば、くねくねと踊る。入れたり出したりすると、球がひとつずつ出たり入ったりするたびに肛門《こうもん》から全身に、一瞬にして電流が走り、身体が震えた。アナルに、いかに末梢《まっしょう》神経が集まっているかがよくわかる。

それを彼にメールで報告すると、彼は前と後ろ、両方にバイブを入れた写真を送れと言ってきた。前には特大バイブが根元まで、後ろにはアナルバイブが中途半端に入っている写真を、不自然な体勢のまま、必死で撮る。冷房が効いた部屋にいたのに、汗みどろになっていた。撮った写真は、自分で見ても、この世のものとは思えないほど下品だった。グロテスクといってもいい。

それを見て、彼はさらに劣情が刺激されたらしい。あるいは、ビッチになれと言ったときから今までのわたしの対応を見て、わたしなら何でも言うことを聞くと確信をもったのか。改まった調子でのメールが来た。

「いいか、ぼくのビッチ。これからぼくの言うことをよく聞いて、忠実に行動してほしい。きみは街に出かけ、男をふたり拾え。できれば黒人、ペニスのでかい黒人がいい。そのペニスが後ろと前、両方に入っている写真を送れ。もしどうしても見つからなかったら、日本人でもいい。だが、それはあくまでも、どうしても見つからなかったときの話だ。いいか、これは禁断の世界への第一歩だ。今までのは助走にすぎない。一か月以内にぼくを満足させられなかったら、きみはビッチとして失格だ」

ここで彼の要求を呑《の》んだら、さらにエスカレートしていくのはわかっていた。

あなたの願いは叶《かな》えたいけれど、わたしはそんなことをしたことがない。一か月でできるかどうか、自信がない。だいたい、怖すぎるわ、と書き送る。

「そうか、そんなに簡単に断るということは、きみはもうビッチを降りたいんだな。わかった。ぼくたちの関係はこれまでだ」

「待って、やってみるから。一か月、待ってちょうだい」

そう言うしかなかった。

わたしは、どういう方法でこのミッションを実現するべきか、しばらく考えた。なぜ、そんなことをしなければいけないのかは考えなかった。ただひたすら、彼の言うとおりにしたかった。するしかないと、思いこんでもいた。なぜなら、わたしは彼のビッチだから。話は簡単だった。言い訳は必要ない。彼との間では、すべてがシンプルだった。ふたりで禁断の世界へ行く。それが目標であり、すべてのことは、その目標に通じている。だからわたしには、自分に対する言い訳さえ必要なかった。

一週間ほど考えて、ようやくある人に思いが至った。一度だけ会ったことのある、風俗ライターだ。風俗の世界のことなら彼に聞けと言われている五十がらみの男性で、とあるパーティーで会って、名刺交換をしたことがあった。それだけの縁だが、わたしは彼にすがるしかなかった。

電話をかけ、おずおずと名乗り、外国人と日本女性が出会えるような場所を知らないか尋ねてみた。彼は幸い、わたしを覚えていてくれた。しかも、そういう頼みごとには慣れているのか、早速、連れていってくれると言う。話はとんとん拍子に進み、その週末、外国人でにぎわう六本木の怪しく、そして妖しい店に連れていってもらった。

梅雨があけきらない、うだるように蒸し暑い夜だった。

「ここ一年くらい、外国人のナンパのメッカと言われているんだよ、この店は。まあ、最近は口コミで、外国人としたがる日本の女が目立つようになってきたけど。男は待っているだけで、逆ナンする女も増えてるよ」

店の隅のテーブルに落ち着くとすぐ、彼はその店のことを説明してくれた。彼は、わたしの意図を知らない。社会勉強として行ってみたいとしか言っていなかった。待ち合わせ場所からここに来るまで、そしてここに来てからも、彼は何も詮索《せんさく》しなかった。

店を見渡すと、欧米系の男性たちに交じって、若い日本人の女性が目につく。カウンターがあり、店の隅にいくつかテーブル席があるが、客たちの多くは、フロアのまん中に数個置かれた小さなテーブルの周りで立ち飲みをしながら、好みの異性を物色しているようだ。店内には、耳をつんざくようなロックが流れている。

「こういう店の移り変わりっていうのは、男女関係の縮図かもしれないなあ」

彼は、ぽつりと呟《つぶや》く。長年、東京のさまざまな街の移り変わりを見てきた人ならではの感想なのだろう。

「なぜ、こんなところに急に来たくなったの？　仕事の関係？」

一度しか会ったことがないのに、彼はトレードマークの口ひげを軽く撫《な》でながら、旧知の間柄のように親しげに言った。詮索するというよりは、単純な疑問を口にしただけのようだ。つられてわたしも、つい口が軽くなりそうになったが、誰にも言えない話だと気を引き締める。

「ええ、まあね。裏流行の最先端を知っておこうと思って」

適当にごまかした。これから別の仕事があるという彼は、

「あんまりひとりでいないほうがいいと思うよ、ここは。愉快でいいヤツも多いけど、悪いヤツもいるからね。気をつけて」

と言い残し、グラスの底に残ったビールを飲み干して去って行った。

確かに、危険な香りがする。ひとりになった瞬間、その香りは濃くなった。だが、せっかくここに来たからには、ミッションを遂行しなければ意味がない。わたしは緊張感で少しだけ汗ばみながら、どうすればいいのだろうと考えていた。

ガタイのいい黒人男性ふたりが、身体中でリズム感をとるように、にこにこしながら近づいてくる。ひとりは百九十センチくらいありそうな長身だ。ふたりとも、Tシャツにジーンズという軽装だった。男が近づいてきたからといって、じたばたしているようには見られたくない。わたしは腹を決め、彼らと目を合わせた。

ファックするのはかまわない。覚悟はできていた。特大サイズのコンドームももっているから、彼らが忠実に装着してくれれば、妊娠や病気は防げる。だが、わたしが怖いのはドラッグと殺しだ。ホテルなどの密室に入ったら危険度は増す。何か別の方法はないものか。

「ひとりなの？」

ふたりは笑顔を絶やさない。いかにも明るく、陽気な感じだった。悪人には見えないが、わたしはにこやかに受け答えしながらも、気を抜かなかった。

「ぼくはジョン、彼はボビー」

　背の高いほうが、自分たちを紹介した。本名かどうかはわからない。どうでもいいことだ。私も「マリ」と自己紹介した。なぜとっさに、彼のパートナーの名前が出てきてしまったのか、自分でもまったくわからなかった。

　どこから来たとか、日本に住んで何年とか、ありきたりの話をしていると、ジョンがずばりと切り出した。

「三人で、楽しいことしない？」

「楽しいことって何？」

「ファック。ぼくたち、きっときみを満足させてあげられると思うんだけど」

「本当？」

「うん。どんなファックが好き？」

「そうね、前と後ろ、両方に入れてほしい。できる？」

「わお」

　ふたりは、同時に目を剝《む》いた。

「日本に、そんなことをしたがる女がいたのか。信じられない。ぼくたち、得意だよ」

「言っておくけど、ファック以外は嫌よ。あなたたち、ドラッグやってない？」

「まさか。ドラッグなんて、バカなヤツのやることさ」

「コンドームもつけてね」

「もちろん。ぼくらは、ちゃんと持ってるよ。よし、取引成立だ」

「ちょっと待って。どこでするの？」

彼らは、店員に目配せをした。店員は男ばかりで、日本人と外国人、それぞれ数人いるが、彼らが呼んだのは若い日本人だった。

「奥を貸してくれないか？」

ジョンにそう言われて、日本人の店員は、わたしを見た。わたしは頷《うなず》いた。彼は黙ったまま、わたしたち三人を、カウンターの奥のほうへ案内する。そこは六畳ほどの小部屋になっていた。まさか、ここで殺されることもないだろう。

「こんな小部屋があったのね。あなたたち、いつもここを使っているの？」

「ごくたまにね」

悪びれもせず、彼らは服を脱ぎ始めた。

ジョンがわたしを抱きしめながら、服を脱がせてくる。店内の音楽がここにも充分入り込んでくるから、自然とダンスを踊るような形になった。

いつしか三人とも全裸になり、わたしは片方の男のペニスを握りながら、もう片方の男のペニスをしゃぶった。交互にそれをおこなっているうち、しゃぶり方はだんだん激しくなっていく。彼らは、うめいたり荒い息を吐いたりして、感じていることを素直に表現する。わたしも、彼らの声を聞きながら、この状況に興奮していた。歌手の彼に鍛えられているせいか、ふたりの男たちは、わたしのしゃぶり方が気に入ったようだ。

「おぅおぅ」

そのうち、声を上げ始めた。

「マリ、うまいよ。きみのテクニックは最高だ」

「すごいよ。すごく感じるよ」

彼は「へたくそ」と罵《ののし》るけど、このふたりは褒めてくれる。それがうれしくて、舌を激しく使ったり、喉《のど》の奥まで入れたりした。ただ、ふたりのペニスは、特大バイブよりさらに大きい。歌手の彼の比ではない。これがアナルに入るだろうか、と不安になった。

わたしたちは床に座った。ジョンがわたしを後ろから抱きかかえる。足はM字に固定された。ちょうど、小さな子がおしっこをするとき、お母さんに抱きかかえられるように、わたしは足を全開にされていた。ボビーがわたしの性器に顔を近づけ、クリトリスの皮を剝《む》くと、長くて固い舌で刺激してきた。彼らは意外と律義なようだ。自分たちがわたしにしてもらったから、きっちりお返しをする気らしい。そういえば、歌手の彼にクンニをしてもらったことなど、一度もなかった。

ボビーのクンニは、わたしを絶叫させた。身体が自然とのたうち回ってしまうほどなのに、後ろからしっかり抱きかかえられているから動けない。それがさらに興奮を呼ぶ。ボビーは、長い舌をヴァギナにも入れてきた。とめどなく液体があふれていく。わたしを抱きかかえているジョンは、耳元で「いい女だ。感じる？」とささやき続け、わたしの足を固定してなお、余っている長い手で、乳首を刺激する。わたしは、ボビーの肩のあたりを愛撫《あいぶ》していた。すべすべした肌が、心地いい。

すでに感じていたから、ボビーが軽く指を入れただけで、わたしの噴水はあっさり吹き上がった。ふたりは潮吹きが珍しかったのか、大きな声を上げて喜んだ。

「この噴水はどのくらい出るんだろう」

ふたりが、代わる代わる指を出し入れする。わたしの噴水は、限界がなかった。ジョンがまた後ろから抱きかかえ、身動きがとれない状態で、わたしはきちんとゴムを装着したペニスをヴァギナに受け入れた。ボビーのペニスは、太さが半端ではなかった。彼が注意深く、ゆっくりと根本まで入れると、膣《ちつ》の入り口が壊れそうだった。壊れそうなのに、ペニスを飲み込んだヴァギナは、喜びにひくついている。彼が軽く動くだけで、わたしは何度も全身を震わせ、上体を反らしてイキ続けた。

体勢を入れ替え、四つん這《ば》いになって、今度は、ジョンのペニスがヴァギナに突き刺された。こちらは、太さもあったが、長さと固さがすごい。しかも、火箸《ひばし》を二十本くらいまとめて突っ込まれたように熱かった。子宮の入り口に当たるという段階ではなく、子宮内部にまでペニスが入り込んだようで、意識がときどき途切れそうになる。その様子を見ると、ジョンは今度は浅く入れたまま、小さなピストン運動を繰り返す。彼の動きによって、子宮のありかも、膣の襞《ひだ》のめくれ方も、つぶさにわかる。自分の性器が、男を丸ごと包んでいるかのような充足感に満たされる。

浅く、深く、突かれつづける。彼らの身体には、独特のリズム感がしみこんでいた。そのリズム感が快感を増幅させる。そして彼らの肌が放つ甘い香りもまた、わたしを酔わせた。体臭という感じではなかった。むしろ、肌自体がもっているかぐわしい、しがみつきたくなるような香りだった。これほどの快感を与えてくれる男たちに、わたしは愛《いと》しささえ覚えていった。ジョンの腰の動かし方は強烈な上、大きな手でわたしの腰をつかみ、激しく回す。壊れる、と思った。そしてすぐに、壊れてもいい、と思った。彼のペニスを受け入れながら、わたしはボビーのペニスを咥え続けた。

「さて、きみの願いを叶えようか」

しばらくたってから、彼らはそう言った。わたしはすでに、全身が溶けそうに疲弊《ひへい》している。ふたりにかなり長い時間、ずっと入れられていたのだ。ヴァギナも瀕死《ひんし》の状態だ。わたしの意志と関係なく、内部までひくひくとうごめいて疲労を伝えてくる。それでも、わたしは断らなかった。ミッションを遂行しなければ。朦朧《もうろう》とした頭で、忘れてはいけないことを言葉にする。

「もうひとつ、お願いがあるの。ふたりが同時に前と後ろに入れているところを、写真に撮ってほしいの。あなたたちの顔は入れなくていい。局部の写真だけでいいから」

「うーん、入れながら写真を撮るのはむずかしいなあ。ちょっと待って」

なぜ写真を撮るのか、何に使うのか、とジョンもボビーも尋ねない。無防備なのか、探ろうとする気がないのかは、わからないが。

ジョンは、小部屋から電話をかけた。電話は、店員につながるようになっているらしい。準備が整ったら声をかけるから、写真を撮ってくれないかと頼んでいる。その間、ボビーはわたしの胸を弄《もてあそ》びながら、ときどき顔を近づけて乳首を甘く嚙《か》んだ。

「よし、これで準備万端。前後に入れるには、少しコツがいるんだよ」

ジョンが寝ころんだ。ペニスはギンギンに立ったままだ。一直線に上を向いている。そこへ、わたしが背中を合わせるようにして寝て、まずお尻に入れる。わたしはジョンに串刺《くしざ》しにされた状態だ。そして、ボビーがわたしに覆い被《かぶ》さって、正常位の形でヴァギナに入れる。ジョンと私がバランスを崩すと、ボビーは入れにくくなってしまう。

「きみがひとりの男の上に乗って、つまり騎乗位の状態で、先にヴァギナに入れ、身体を前に倒して、後ろからもうひとりの男が、アナルに入れる方法もある。本当は、そのほうが簡単なんだ。ぼくらの今の体勢だと、アナルに入れているペニスが、よほどまっすぐに立ってないとむずかしいからね。でも、むずかしいほうがやりがいもあるんじゃない?」

ジョンが、にこやかに解説してくれる。確かにそうだ。彼らはあっけなく、わたしの望みを叶えてくれた。ジョンのペニスがあれだけ垂直に立ち続けていれば、そんなにむずかしいことではなかった。さらに体勢を入れ替えて、後ろからアナルに入れる方法もやってみた。どちらも、店員に写真を撮ってもらう。証拠写真のできあがりだ。

写真を撮り終えると、もっと楽しもうということになった。わたしもほっとしたせいか、ますます彼らのペニスへの執着と、もっと感じたいという欲望がわき起こってくる。

ヴァギナとアナル、前後に同時にペニスを入れて、わたしたちは、ゆらゆらと動き始める。男ふたりのペニスが、粘膜を隔ててこすれあう。彼らは「オマエのペニスが動いているのがわかるぜ」と笑い合っている。男ふたりにサンドイッチにされ、強く激しく揺れていくうちに、わたしは、言葉にできない感覚に陥っていった。

オーガズムなどという、生やさしい感覚ではない。身体が壊れ、脳が爆発してしまうような、生死の境目にいるような恐怖感だった。それは、紙一重で強烈な快楽につながっている。たどりついたら、死ぬと思った。行き過ぎた苦痛は快楽につながり、行き過ぎた快楽は苦痛と、死への恐怖感につながっている。

「もうダメ、死ぬ」

叫んだところで、わたしの記憶は途切れている。どうやら、完璧《かんぺき》に失神してしまったらしい。軽く頰《ほお》を叩《たた》かれる感触と、「マリ、マリ」という声でようやく、わたしはどこかから戻ってきた。男ふたりが、上から心配そうに覗《のぞ》きこんでいる。

「ああ、よかった。やっと気がついたんだね」

「わたし、どうしたの？」

「気持ちよすぎて、意識を失ったんだよ。心配したよ」

上体を起こすと、めまいがした。全身が震えて止まらない。吐き気がする。寒かった。

ジョンが小部屋から出ていき、熱いコーヒーを持って戻ってきた。わたしは震える両手でようやく受け取り、少しずつ飲んだ。ボビーは勝手知ったるように、押し入れから毛布を取り出し、わたしをくるんでくれた。

コーヒーを二杯飲み終えたころ、ようやく人心地がつく。だが、うまく言葉が出てこない。どういうふうに言葉を口から出すのか、わからなくなっている。そんなようなことを、必死でふたりに伝えた。

「たぶん、今まで感じたことのない快感を覚えて、脳がびっくりしちゃったんだよ」

ジョンが言った。ボビーはまだ不安そうな顔でわたしを見つめている。ふたりとも、ときどきわたしの腕を温かい手でさすったり、毛布ごとすっぽり抱きしめてくれたりしている。優しくて親切で知的な男たちだ。どこで知り合おうと、どんなに行為が不純であろうとも、人間性というのはふとしたときに出るものだ。彼らはしょっちゅう、女をひっかけて遊んでいるのだろうが、心根はこの上なく優しかった。

「知ってる？　ぼくたち、三人で四時間もファックしてたんだよ」

驚いて時計を見ると、午前二時近かった。わたしが知り合いと店に来たのが、九時前。彼らと奥の小部屋に入ったのは、九時半過ぎだった。わたしが失神していたのは十分ほどらしい。

「そうね、脳も壊れるはずよね。あなたたちみたいな強者《つわもの》とファックできて、本当にうれしかったわ」

ようやく言葉がスムーズに出るようになってきた。同時に、脳も活発に動き始める。早く帰って、写真を送らなくては。

「マリ、デジカメを忘れないで。大事な写真が入ってるんだからね」

わたしは身支度を整え、まだしばらく飲んでいくという彼らに、ビールを奢《おご》った。さらに部屋を使わせてもらったお礼として、店員に五千円札を握らせる。店員は拒んだが、わたしは目配せしてポケットに札をねじこみ、店の出口へと向かう。

バッグを開けて中を調べる。携帯電話、財布、手帳。何も盗まれてはいない。彼らがそんなことをするとは思えなかったが、念のためだ。失神していた十分は、わたしにとって空白の時間なのだから。

店を出たところで、先ほどの店員が追いかけてきた。

「あの」

息を切らせながら、彼はわたしの前に立った。

「マリさん、でしたよね。よかったら、また来てください。あ、いや、お金をもらったから言うわけじゃないし、またお金がほしいわけでもないんです」

薄暗い店の中ではわからなかったが、凜々《りり》しい目をした青年だった。

「ぼく、実はさっき、写真を撮りながら、ものすごく感動したんです。うまく言えないけど、なんか人間ってすごいなというか。女の人ってすごいというか」

彼は一気にそう言った。わたしは彼の若さがまぶしくて、何も言えなくなった。女の欲望の浅ましさを、彼はまだ知らないのだ。

「これ、お返しします。やっぱり」

彼はポケットから札を出した。

「いいわよ、あなたにはお世話になったのだから、とっておいてほしいの」

「あ、ぼく、裕文といいます。みんなヒロって呼ぶんです」

「ありがとう、ヒロ。また来るわね」

わたしは、呆然《ぼうぜん》と立っている彼の横をすり抜けて、やってきたタクシーに手を上げた。


デジカメの写真はよく撮れていた。ヴァギナとアナルに、彼らの大きなペニスが入っているのがよくわかる写真ばかりだ。どれを送っても、彼は満足するに違いない。わたしは何度かに分けて、写真をメールで送った。

彼からはすぐに返事が来た。

「グッドジョブ」

たった一言だった。彼からオファーがあってから、二週間と少ししかたっていない。早く願いを叶えすぎたのかもしれない。彼は、私が本当に彼の言うことを聞くかどうか、試しただけなのかもしれない。これによって、さらに別の要求を考えているだろう。

「わたしがしたことを、どう思ってるの？」

そう尋ねても、返事は来ない。

案の定、二週間もしないうちに、またメールが来る。

「この間のは、いい写真だった。きみなら、何でもできるとわかったよ」

「あなたの命令なら何でも聞くわ」

「そうか。それなら、女と絡んでいる写真を送れ。そして、次にぼくたちが会うとき、その女を連れてくるんだ。ぼくたちは次の段階に入った。ふたりきりでファックするのもいいけど、今度は三人でしよう」

3Pか。いつか、そう言ってくると思っていた。それが進むと、最後は乱交ということになるのだろうか。

彼は、わたしを利用して、別の女とセックスしたいのだろうか。女性を連れてこいという申し出には、少し怯《ひる》んだ。

「あなたは、別の女としたいだけなの？」

「何を言ってるんだよ、ぼくのビッチ。ぼくらは手を取り合って、禁断の世界へ行こうと約束したじゃないか。あくまでも、ぼくときみがベースだよ。何を怖がっているんだ。もしきみが望むなら、その次は、ぼくの男友だちを入れて三人でしよう」

納得せざるを得なかった。

「ひとつだけ言っておく。女は美人で、プロポーションがいいのを見つけてこい。それと、これは何より大事だが、胸の大きい女でなければダメだ。豊胸手術をしていてもいいから、とにかく、胸の大きな女を見つけてこい」

条件が多すぎる。美人でプロポーションがよくて、さらに胸の大きな女を、どうやって見つければいいのだろう。男を見つけるより、ずっと困難だった。しかも、女とも男とも、絡むことができなければいけないのだ。公園の砂場で、砂金を見つけるようなものではないか。たとえ、バイセクシャルの女性と知り合えたところで、彼女が、まったく知らない男とセックスしてくれるとは限らない。いったい、どうすればいいのだろう。

これだけ条件が多いと、人を介して探すのも気が引けた。とりあえず、雑誌で見たことのある、レズビアンやバイセクシャルの女性たちが集まる新宿のカフェへ足を向ける。自分が行動するしかない。行動さえすれば、何かが動き始めるのだから。

新宿の街は、夏独特の解放感に満ちていた。街を行く若い女性たちのタンクトップ、ミュールを履いた素足がまぶしい。そんな彼女たちを、熱い欲情の目で見つめる男たちがいる。ある意味で、ここは健全な街だった。欲望をむきだしにしても許される。

すでに夏休みに入っていた。彼と性的な関係を結んでから、わたしには、季節が飛び飛びでしか感じられない。仕事も、以前のように何でも引き受けることができなかった。彼が来日する時期は、いつ呼び出されるかわからないから、仕事を最低限に抑えていた。さまざまな要求に応えるための時間も必要だった。気づいたら、わたしのビッチ生活は、冬の終わりに始まり、春を越して夏に入っていた。

平日の夕方だった。カフェにたどり着くと、冷房の効いた店内で、のんびり雑誌を読んでいるふりをしながら、女性を物色する。窓際に座っている女性のタンクトップの胸が、異様に盛り上がっているのが目についた。じっと見ていると、向こうも気づいて見つめてくる。わたしは、目をそらさなかった。先に目をそらしたのは、向こうだった。それでもわたしはまだ、彼女を見つめ続けた。

彼女は立ち上がった。鮮やかなブルーのタンクトップに、白いパンツが目に突き刺さってくる。彼女は、まっすぐにわたしのテーブルに向かってきた。

「こんにちは」

「こんにちは」

「座っていい？」

もちろん、とわたしは頷く。彼女は座って長い脚を組むと、真正面からわたしを見た。

「どうしてわたしを見つめていたの？」

透き通った声だった。バイセクシャルではないかもしれない。

「あなたがあまりに魅力的だったから」

ふっと、彼女は薄く笑う。整った顔立ちだった。多少冷たく見えるかもしれないが、どこからどう見ても美人だ。自分の顔が、平面に目鼻がついているだけの情けない顔に感じられるほど、くっきりと彫りの深い顔だった。

「わたしと寝たい？」

彼女は唐突に、そう言った。名前も名乗りあっていないうちに。だが、そんな物言いがとても似合う女性だった。

あなたがバイセクシャルでなければ寝たくない、と言いかけたが、ここで引き下がるのもどうかと悩んだ。本質的にわたしは同性愛者ではないが、彼女とは寝てみたくなっていた。それほど、彼女の醸し出す、世俗からかけ離れた、淡々とした雰囲気が魅力的だった。

「わたし、すぐ近くに住んでいるの。うちでお茶を飲み直さない？」

彼女は有無を言わさず、ぐいぐいとわたしをリードしていく。自分に何が起こっているのか、何をしたいのかさえ考えられないまま、わたしは黙って彼女について行った。カフェのすぐ裏手にある、古い洋館風のアパートに、彼女は住んでいた。

「あ、靴のままで入って」

板張りの床の広いワンルームだ。十五畳くらいはあるだろうか。ソファと小さなテーブルがひとつ、部屋のまん中に置いてある。窓際にベッドと大きな机があった。画用紙やたくさんのペンが見える。彼女はイラストかデザインを描いているのだろうか。

「私は香奈。あなたは？」

「ミカ。あなたは絵を描いているの？」

「まあね」

香奈は、わたしのすぐ近くに向かい合って立った。背は、百六十センチのわたしより、五センチほど高い。香奈は、じっとわたしの目を見ると、顔を近づけてきた。柔らかい唇が、わたしの唇に押し当てられた。舌が割って入ってくる。香奈からは、バラの香りが漂っている。

「女とするのは初めてなんでしょ」

見抜かれていた。

「あなたが魅力的だったのよ、香奈。断れなかった」

「わたしはバイなの。男ともするわ」

彼女は自ら服を脱ぎながら、平然と言い放った。やった、と内心思った。スリムで無駄な肉ひとつないのに、豊かに張りつめた乳房に、目を奪われた。

「素敵な胸ね」

わたしは、掬《すく》い上げるように彼女の胸を揉《も》みしだいた。乳首を軽くつまむと、彼女の全身がぶるっと震えた。わたしは、彼女の胸に顔を近づけ、乳首を口に含んで舌で転がした。我慢しているようだが、香奈の口から、甘いため息が漏れる。

香奈が、わたしの服を脱がせていく。全裸になって、ふたりで手をつないでベッドへ移動する。香奈はわたしを寝かせると、胸を口で愛撫しながら、手は下半身へもっていった。すでに、わたしは濡《ぬ》れていた。

「感じてたのね」

彼女は下半身に顔を近づけていく。クリトリスを剝きだしにして、いきなり指でつまんだ。

「あ」

声が出た。同時に、わたしの背中は勝手にのけ反っていた。

「感じやすいんだ、ミカは」

少し突き放すような口調でそう言い、彼女はベッドサイドの机の引き出しから何か出して、クリトリスに近づける。その瞬間、頭の奥が痺《しび》れた。彼女は、クリトリスを美肌用の吸引器で吸引したのだ。

「ミカのクリトリス、大きいね。すごく素敵。感じるでしょう?」

今度はバイブを取り出し、フリッパーでクリトリスだけをはさんで、いきなりモーターを全開にした。クリトリスだけが自分のものではないように熱くなり、弾けそうになっていく。

「ミカ、起きあがって見てごらん」

香奈に言われて上体を起こし、自分のクリトリスを見た。真っ赤に腫れ上がったクリトリスは、誇らしげに立っている。

「こんなクリ、初めて見た。すごいよ、ミカ」

香奈は、執拗《しつよう》にクリトリスを責め続ける。クリトリスにかじりつき、しゃぶりながら、ヴァギナに指を三本まとめて、するりと入れた。同じ女だから、これだけ感じていれば、いきなり指を三本入れても決して痛くはない、むしろ快感だとわかっているのだ。

彼女はヴァギナの中で、指を広げて膣壁を丹念に刺激していく。中指がものの見事にGスポットに当たり、そこが盛り上がっていくと同時に、熱くなっていくのがわかる。

「香奈、ダメ、出ちゃう。潮吹いちゃう」

「いいよ、遠慮しないで出して」

香奈は、素早く、枕元《まくらもと》にあったバスタオルをわたしの脚の間に敷く。彼女の許可が出た瞬間、わたしは下腹部に少しだけ力を入れた。香奈が指を激しく出し入れすると、シャンパンの栓を開けたときのように音を立てて噴き出した潮が、わたしの顔にまで飛んできた。

「すごい、ミカ。もっと出したい？」

頷くと、香奈はさらに刺激してくる。わたしの膣は、壊れた下水道がマンホールの蓋《ふた》を押し上げるような勢いで、水を放射し続けた。背中にまで、冷たい液体が沁《し》みてきている。バスタオルなど、意味をなさない。思い切り潮を吹くと、急に身体がだるくなる。オーガズムとは別の種類の激しい快感だった。

香奈はクリトリス、ヴァギナ、アナルの三点を同時に責めることができるバイブを取り出した。

「好きでしょ」

香奈は、にやっと笑う。すでにわたしはまな板の上の鯉《こい》だった。彼女はバイブを見事に操って、わたしの全身を何度も痺《しび》れさせた。その合間に、はち切れそうになっている彼女の乳房を、わたしはわしづかみにする。

わたしだけが、数知れないオーガズムを得てしまった。一息ついて、ふたりでベッドに横たわる。香奈にお返しをしなければと頭の中では思うのだが、鉛のように重くなった身体は、もう一センチたりとも動かない。見透かしたように、香奈は言った。

「ミカ、わたしにはしなくていいのよ。わたしは、女性を感じさせるのが大好きなの。してもらうより、するほうが好きなの」

「男に対してもそうなの？」

「うーん、わたしにとって、男とするのは仕事とか義務みたいなものなんだよね。一応、バイだと言っているけど、好きなのは女。男とはしなくてもいいけど、女としないと、むらむらしてきちゃう」

その言い方がおかしくて、わたしは少しだけ笑った。

「いつもこうやって女を自分の部屋に引き入れているの？」

「たまにね。気に入った女だけよ」

香奈は、あっさりそう言った。わたしがレズビアンの女性たちに抱いていたイメージを、香奈は完全に裏切っている。女性が好きだと言っても、ウエットなところがまるでない。誰にも依存したりしないのだろう。男にも女にも。そして、彼女はセックスからさえも、完全に自立しているように見えた。

バイだというからには、彼女を彼とのファックに引き入れることができるだろうか。

「香奈、初対面で、こんなことを頼むのは気が引けるんだけど」

せっぱ詰まっていた。彼女以外に、助けてくれる人を見つける自信もなかった。わたしは、香奈にすべてを告白した。長年、気になっていたあるオペラ歌手の男と、ひょんなことから、そういう関係になってしまったこと、彼の日本のビッチになれと言われ、メールで続々と届く彼の要求に、知らず知らずのうちに期待以上に応えてしまっていること。今やどんな要求でも、それを叶えるためなら、あらゆる手段を使ってもかまわないと思っていることなどを、包み隠さず、すべて話した。

「惚《ほ》れてるんだね」

香奈は透き通った声と乾いた口調で、そう断言した。

惚れてる？　わたしは惚れているんだろうか、あの男に。冷静なときは、彼が悪魔のような要求をしてくることに恐れを抱いている。だが、いざ要求を出されると、そこに向かって邁進《まいしん》していく自分がいる。これは「惚れる」ということになるのだろうか。香奈はわたしの迷いを見て見ぬふりをしながら、明るい口調で言った。

「わたしは家でイラストを描いてるから、時間は自由になるよ。ただ、ひとつだけお願いがあるの。好きでもない男とするときは、わたしはお金をもらう。前に風俗で働いていたことがあるせいか、自分からしたいと思わない男とするのは、仕事の一部にしておきたいんだ。それが流儀なの、いい？」

「わかった。五万円でどう？」

金で片がつくなら、お互いに割り切れる。少しだけ気が軽くなった。

「お金をもらう限りは、全力を尽くすからね」

香奈は、口角をきれいに上げて笑った。起きあがって煙草を吹かす。一口吸い込んで、わたしにくれた。

「ミカ、さっき言ってたけど、写真、撮らなくていいの？　彼に送るんでしょう。女同士の絡みを」

「あ、忘れてた。イキすぎて何も考えられなかった」

わたしたちは笑いあい、ふたりで抱き合ったり、キスしたりしている写真を撮った。香奈は、わたしのヴァギナに舌を入れているところまで撮影した。わたしが、香奈の大きな胸を揉みしだいているところも。彼の興奮が目に浮かぶようだ。


「ワ――――オ!! こんなことがあっていいのか、ミカ!!!」

写真を送るとすぐ、彼から反応があった。ビックリマークが、いくつもついたメールだ。文章が終わるたびに、ビックリマークが増えていく。最後の文章には、十個もついていた。彼はやはり、興奮している。香奈の胸にだろうか、あるいは女ふたりが絡んでいる様子にだろうか。おそらく前者だろう。

「ひとりでさんざん、マスターベーションをしちゃったよ。すごい写真だ」

一時間後、また彼からメールが来た。一時間も、ひとりでペニスをしごき続けていたのだろうか。

陽差しはまだ強いが、夜になると虫の声が響く季節になった。カレンダーを見て、いつ来日するのだろうと思っていると、当の彼がメールを寄越した。

「今回は、リハーサルが十日間もあるんだ。だから、来週の火曜日に日本に着くよ。数日間は、ひとりきりだ。到着した翌日、つまり水曜日の午後三時、この前写っていた女を連れて、ぼくが泊まるレジデンスに来い。きみがインタビューしたときとは違うレジデンスだから、間違えないように」

最寄り駅は同じ乃木坂だが、違う建物らしい。住所と電話番号が、きちんと記されている。彼にしては珍しいフォローだ。それだけ、彼女と会うのを楽しみにしているに違いない。

わたしはあれから、彼との3Pに備えて、香奈に二度ほど会って絡み合った。このパフォーマンスを完璧にやりおおせるつもりだったから、気合いが入る。香奈は淡々と、しかし情熱的な行為を繰り返し、リハーサルにつきあってくれた。

彼が指定してきた日にちは、五日後だ。香奈は、時間がとれるだろうか。電話をかけると、彼女は快く承諾してくれた。

「素晴らしい女同士の連携を、見せてやろうじゃないの」

香奈は、完全にこの芝居を楽しんでいた。やはり常識では測りきれない女性だと感じ、わたしが「常識」などというのもおかしいとひとりで笑った。笑うしかなかった。

当日、わたしたちは時間通りに、彼のレジデンスを訪れた。彼は、今までにわたしが見たことのない笑顔で迎えてくれた。

「ハーイ、香奈だね。ミィカから聞いてるよ」

穏やかな笑顔を見せながらも、彼は香奈の胸元に素早く視線を送った。写真で見たはずなのに、実際に大きさを確かめたかったのか。香奈は挑発するように、胸元の大きく開いたカットソーを着て、薄手のジャケットの前ボタンをあけている。谷間がくっきりと見え、盛り上がった乳房は、男を誘うかのように柔らかく揺れる。彼の目は、そこに釘付け《くぎづ》けになっていた。

リビングに入ると、彼はわたしたちのジャケットを預かり、きちんとクローゼットにかけてくれた。そして、キッチンからコーヒーをもってきた。彼に、水以外の飲み物を供されるのは初めてだ。皿に、クッキーやチョコレートまで用意してある。

たわいもない世間話をしばらくしたあと、彼がさて、というようにわたしを見た。

「ふたりで、シャワーを浴びてきたらどうかな」

彼は、わざわざ香奈をバスルームに案内した。そして踵《きびす》を返して、そのあとをついていったわたしの腕をとり、早口で囁《ささや》く。

「まず、寝室でふたりで絡め。ぼくは、きみたちが気づかないうちに寝室に行く。あとは、ぼくに任せてくれていいよ」

彼の目が血走っている。彼はわたしたちが知り合ってから、何度か一緒に寝ていることを知らない。あくまでも、わたしが彼女を説得して連れてきただけだと思っている。だから、まずは香奈の緊張を解くために、最初は女ふたりにするつもりなのだろう。あるいは、女ふたりが絡んでいるところに割って入っていく自分を想像して、興奮しているのかもしれない。彼にとって、レズプレイは、あくまでも男女のセックスの前戯であり、三人のプレイを仕切るのは、自分でなければならなかった。

わたしはバスルームに行き、そのことを香奈に話した。香奈という味方がいるせいか、彼に対して少しだけ屈折した、意地悪な気持ちになっている。

「彼は自分が主役になりたいみたい。ねえ、香奈と本気で絡んでいい？」

「もちろん。見せつけてやろうよ」

わたしたちはバスタオルを身体に巻きつけて、彼が座っているリビングを通り抜け、寝室へ向かった。彼はわたしに小さなウィンクを送ってくる。わたしは、任せてと言うように頷いてみせた。

わたしと香奈は、ベッドで本気で絡み合った。香奈はわたしのヴァギナに思い切り舌を入れ、指を出し入れして潮を吹かせた。数日後には、ここで彼とマリーが寝る。潮を吹いた痕《あと》が残ると、彼は困るだろう。カバーは洗えばいいが、この分だとベッドパッドまで、びっしょり濡れているはずだ。

わたしの液体はとめどがなかった。いつもなら、彼の機嫌を損ねることを考えて、ベッドを汚すことなどできない。だが、今日は特別だった。香奈がいるから、彼はあからさまには、わたしに怒りをぶつけてこないはずだ。

わたしたちの声が遊びの段階でないと思ったのか、彼はすぐにやってきた。ちょうど香奈がわたしに、バイブを使っているところだった。彼は一目で、ベッドが濡れそぼっていることに気づいて顔をしかめたが、何も言わない。

「香奈、そのバイブをミィカのケツに突っ込んでやってくれ」

香奈の手が止まった。

「ミィカは、それが大好きなんだ」

香奈が躊躇《ちゅうちょ》していると、彼が香奈の手からバイブを取り上げ、いきなりわたしのお尻に差し入れた。香奈が見ている前で、わたしのお尻は嬉《うれ》しそうにバイブを呑みこみ、わたしは、お尻を高く上げて振り続ける。

彼がバイブを手で押さえながら、香奈の胸に執着している。片手で乳房を揉みしだき、もう片方の胸を口で愛撫する。わたしは四つん這いになってお尻を振りながら、その様子を目の前で見ていた。香奈は甘く大きなよがり声を出しているが、演技だと一目でわかる。香奈はふだん、感じたとしても、そんな声は出さない。

もちろん、彼は本当に感じている声だと思っているから、さらに興奮の度合いが上がっていく。鼻息が荒くなる。

彼はわたしのバイブを放り出し、香奈に没頭しはじめた。丁寧に全身を愛撫しはじめる。特に、胸への執着はすさまじかった。香奈の豊かな乳房を、両手でこねくり回しては顔を埋める。いきり立ったペニスを胸の間に挟んで、口を半開きにする。よだれさえ垂れそうだ。乳首を甘噛《あまが》みしたときだけ、香奈は本気の声を出した。

香奈の足の指を丹念に一本ずつ舐《な》め、足首からももまで舌を這わせた。さらに足を押し広げて、性器に顔ごと埋める。高い鼻をヴァギナに押し入れたり、クリトリスを舌で何度も何度も舐めあげたりしている。わたしは彼にクンニしてもらったことはない。香奈は性器への愛撫にも、素晴らしい反応を見せた。耐えに耐えて、それでも洩《も》れてしまうようなあえぎ声に、彼はますます興奮していく。

彼は、わたしにも香奈を愛撫するよう、目で示す。わたしは、彼女の乳首を舌で転がした。香奈は薄目をあけて、わたしを見た。わたしは、引き寄せられるように顔を近づけていく。彼の身体を押しのけるようにして、ふたりで、思い切り舌を絡ませあう。

彼はしばらくそれを見ていたが、我慢できなくなったのだろう、わたしを押しのけて、香奈の中に入っていった。両足を高く上げさせ、香奈の奥深くに入っていく。ゆっくりと出し入れしたかと思うと、ものすごいスピードで、腰を前後に振り続ける。

香奈は、いかにも感じているかのように、せっぱ詰まった声を出す。

「イクのか？　イッてるのか？」

彼が尋ねる。

「もうじきイク」

香奈が叫ぶ。本気なのか演技なのか、区別がつかない。

彼が香奈からペニスを抜き、わたしの口元に押しつけてきた。香奈の愛液で妖《あや》しく光るペニスを、わたしはしゃぶった。香奈と彼の味がする。

彼はわたしの唾液《だえき》がたっぷりついたペニスを、わたしのアナルに押し当て、一気に押しこんだ。香奈はわたしの乳首を甘噛みする。さらに香奈は、彼とわたしの身体の隙間《すきま》を縫うようにして、バイブをわたしのヴァギナに差し入れた。

「わたしは、ミカをいたぶりたいの」

香奈は彼に言う。

「それはいい考えだ」

彼は満足そうに頷く。香奈と自分との間に共犯関係ができたと思っているようだ。

彼がわたしのお尻から、ペニスを抜いた。

香奈はわたしのヴァギナにバイブを突っ込み、ものすごい勢いで出し入れした。奥まで突っ込み、抜ける寸前まで引く。それを信じられないくらいのスピードで繰り返す。香奈のこのテクニックは、ふたりきりのときにいつも経験するが、すさまじい快感に、わたしは腰が立たなくなってしまう。意識が朦朧としてくる。そのとき、彼が自分のズボンのベルトで、わたしの胸を打った。ふっと、意識が明確に戻ってくる。彼はわたしの顔の上にまたがり、ペニスを口に押し込んできた。上から入ってくるので、押し出すことができない。彼は自分で腰を上下させながら、わたしの喉の奥まで、ペニスを入れ続ける。食道にまで入り込んできそうだ。

「舌を使え。へたくそ」

頬を容赦なく張られる。

「歯が当たってる」

また殴られた。下半身は痺れ続けているのに、頬は張られ続け、痛みが走る。

快感と苦痛の両方で全身が動かなくなったころ、彼はわたしの口からペニスを抜き、香奈にかぶさる。香奈に対しては紳士的で、セックスそのものを堪能《たんのう》しているように見える。角度を変え、強弱をつけてペニスをヴァギナに出し入れする。手で胸をつかみ、指の間からはみだす肉にキスしたり、身体中を優しく撫でたりしている。正しいセックスだ。

セックスが本来もつ、柔らかな交歓と、下卑た欲情という二面性を、彼は同じときに同じ場所で堪能している。それは、彼自身がもつ二面性でもあるのだろうか。

彼がわたしに、目配せをする。わたしは、香奈の上で動き続けている彼のそばへ行く。彼はしばらく動いていたが、低いうめき声とともに、香奈からペニスを抜くと、わたしに咥《くわ》えさせ、すぐに射精した。わたしは黙って呑みこむ。一滴もこぼさずに。彼はそのまま、香奈の胸に顔を埋めて動かなくなった。柔らかいのに、独特の弾力に満ちた香奈のFカップの胸が、よほど気に入ったようだ。

香奈自身は、自分の胸が気に入ってないとよく言う。重いし、肩が凝るし、男の下劣な視線が嫌だ、と。手のひらサイズしかない、わたしの胸のほうがよほどいい、とも言った。だが、わたしの気になる男は、香奈の胸を選ぶ。男なら誰でも、豊かな胸に惹《ひ》かれるだろう。彼はわたしに「豊胸手術を受ける気はないのか」と尋ねてきたことさえある。

口の中が苦いのは、精液のせいだけではないのかもしれない。

そのうち、彼は寝息をたてはじめた。香奈がわたしを見て、苦笑いしている。彼は香奈の上で、ぐっすり眠りこんでしまったのだ。香奈は器用に、するりと彼の下から抜け出した。

わたしたちは寝ている彼をそのままに、ふたりでバスルームに籠《こ》もった。お互いの身体をきれいに洗いあい、相手を拭《ふ》いてあげる。化粧を直してリビングに戻っても、彼の姿はなかった。寝室を覗くと、まだぐっすりと眠っている。昨日日本に着いたばかりで、疲れているのだろう。

「どうする？」

「ミカはどうしたい？」

「お茶でも飲みに行こうか」

「彼のそばにいなくていいの？」

「彼は今、幸せな夢を見ているわ、きっと」

わたしたちは、クローゼットからジャケットを取り出すと、彼の部屋から抜け出した。このレジデンスはオートロックで、管理人も常駐しているから、物盗りに押し入られることもないだろう。


わたしは香奈を、六本木にあるおいしいケーキ屋さんに誘って、ご馳走《ちそう》した。香奈は、甘いものが大好きだ。わたしとしては、ささやかな感謝の気持ちだった。

「今まで何度も男ともしたけど、その中では、いちばん気持ちよかったかもしれない」

香奈が、からりとそう言ったとき、わたしは少しだけほっとした。

「それはよかった。香奈がまったく楽しんでくれなかったら、どうしようかと思ってた」

「わたしはミカが殴られたとき、どうしようかと思ったけどね」

「いつものことだから、もう慣れちゃった。顔、赤くなってる?」

「ううん。力抜いて殴ってるんだね、彼も」

第三者がいると、彼の殴り方はプレイの範囲内になるようだ。確かに今日の彼は、いつもよりずっと紳士的だった。

「ミカがお尻で、あんなにイクとは知らなかった。今度、お尻も責めてあげようか」

「彼に鍛えられて、感じるようになっちゃったのよ。でもお尻は常に広げておかないと、次に入れられるとき、痛いのよね」

香奈は少しだけ、痛々しそうな目でわたしを見る。彼に従順すぎるわたしは、「イタイ女」に映るのだろうか。

別れ際、わたしは香奈に、さりげなく封筒を渡した。中には、五万円が入っている。香奈は中を改めもせず、笑って受け取った。彼女は、いつでも不思議な存在感を醸し出している女性だが、いつ会っても心地よかった。


翌日午後、彼から携帯に電話がかかってきた。

「今からすぐに、ひとりで来い」

わたしは家で仕事をしていたのだが、電話を切ると、すぐに出かける仕度を始める。

彼の声を聞くと、彼が意図するとおりに動いてしまう。行けない、と言うこともできるはずなのに、わたしは決してそうは言わない。彼がどこにいようと、わたしがどこにいようと、わたしは、彼の命令を拒否できない。常に遠隔操作されているかのようだ。

レジデンスに飛んでいくと、彼は玄関でいきなり、わたしを転がした。スカートをめくり上げ、Tバックを下ろすと、何の準備もなく、お尻にペニスを思い切り突っ込む。痛みが身体中を貫く。ひとしきり動くと、彼は黙ってひとりでリビングへ行ってしまう。終始、黙ったままだ。何か怒っているのだろうか。昨日、何も言わずに帰ってしまったからだろうか。ベッドを水浸しにしてしまったからだろうか。わたしは彼の顔色をうかがい、びくびくしていた。

彼は何かを手にして、すぐに戻ってきた。持っているのはスーパーで買ったらしい、サラダ用のドレッシングで、バイブなどよりずっと太い容器だ。そこの部分をもって、彼はわたしのヴァギナに入れる。濡れていないはずなのに、わたしのヴァギナは、平然とドレッシングの容器を呑みこんだ。彼は、昨日の香奈のように、すごいスピードで出し入れする。わたしを感じさせようとしているのか、自分のテクニックを披露したいだけなのか、そのあたりはわからない。

ヴァギナの中が激しく痛んだ。ふと身体を起こしてみると、抜き差ししている容器が血にまみれている。

生理が来るには、まだ一週間以上あるはずだ。容器の蓋と本体の間に細い溝があった。そこが膣壁にひっかかって、中を傷つけ、出血させているのだろう。

「痛いわ、お願い、やめて」

泣きながら懇願する。それが、彼を刺激したらしい。彼はますますスピードを上げて、出し入れした。わたしは腰を引いて、抵抗する。彼は、わたしの頬を、何度も平手で打った。派手な音が玄関に響く。彼はペニスを自分でしごき、最後はわたしに飲ませた。

「もういい、帰れ」

靴を脱ぐことさえ許されず、わたしは玄関先で陵辱されて、そのまま追い出された。


さらに翌日の夜中、彼から電話がかかってきた。

「ハーイ、ミィカ」

昨日とは違った、ご機嫌な声だ。

「今から来てくれない？」

言い方も、下手に出ている。

「きみとしたいんだ、どうしても。明日にはマリーが来てしまうからね。きみがしたいようなセックスをしよう」

その言葉を聞いて、下着が濡れていくのを感じた。頭のどこか一点は冷静で、そうは言っても、またひどい目に遭わせるに決まっていると思っている。それでも、わたしはすでに時計を見て、彼のところに行ける時間を計っていた。

「四十分で行くわ。待ってて」

家を出て、幹線道路に向かって全力で走った。タクシーを拾い、「とにかく急いで」と言いながら、なぜわたしは、これほど急いで彼の下へ行くのかと、自問した。子宮の入り口あたりがひくひくしたように感じ、膣全体が急にふくらんでいくのがわかった。それが答えだった。

彼の部屋に着いた。急いでいたので、バイブをもっていくのを忘れ、まず怒られた。

「バイブがないなら、自分の拳《こぶし》をヴァギナに入れろ」

彼は冷たく言い放った。

フィストファックをするには、相当な鍛錬が必要なはずだ。彼にそう言っても、聞き入れてくれるはずがない。彼にとっては、わたしというビッチの存在は、忠実に言うことを聞くか、あるいは何か途方もないことをして楽しませてくれなければ意味がないのだから。

右手で拳を作り、小さくまとめて中指の関節あたりから入れようとしたが、どうがんばってもまったく入らない。彼は指を伸ばして入れてから、中で拳を作るようにと指示する。だが、それもうまくいかなかった。いらだった彼は自分で、五本全部の指を、わたしのヴァギナに無理やり突っ込もうとする。中指の先が、子宮口に触れる。彼が中で指を曲げようと動かすから、子宮口が突かれる。そのたびに、わたしは感じまくって、嬌声《きょうせい》を上げた。

「うるさい、黙れ」

「子宮の入り口に指が当たるの。すごく気持ちいいの」

彼はその言葉に、興味をそそられたらしい。今度は、子宮口を中指の先で、こりこりといじっている。脳の中を、何か特別の物質が流れていくような気がしたあと、わたしは思考能力を完全に失った。ここがどこかも、誰と何を、何のためにしているのかもわからなくなった。

彼は思い切り指を伸ばし、さらに子宮の内部に指を入れてきた。自然と腰が持ち上がっていく。このまま死んでもよかった。全身が強《こわ》ばり、それから弛緩《しかん》する。それが数秒単位で繰り返される。身体が勝手に動いていく。

「気持ちいいか？」

「いい、最高よ。こんなの初めて。あなたはすごい、すごすぎるわ」

彼はその言葉に満足したように鼻を鳴らすと、静かに、ヴァギナにペニスを滑り込ませてきた。いきなりアナルに入れないのは、久しぶりだ。すでに快感レベルが最高潮に達していたわたしは、そのまま簡単にイキ続ける。息が吸えなくなり、苦しくなっていくが、一度高みに登ってしまったからには、簡単に下りられない。さらにさらに高いところへ、飛んでいく。

　彼はゆっくりペニスを抜き、わたしを後ろ向きにさせた。今日はどうして、こんなに静かなセックスをしているのだろうと思う間もなく、いきなりアナルに強烈な熱さが感じられた。まさに熱くて太い鉄棒で貫かれる感じだ。彼が動くたびに、ヴァギナのオーガズムとは違う、燃えたぎるような興奮が襲ってくる。

「すっかりお尻が気に入ったようだな」

　どうなんだ、え？　彼が後ろから髪をつかんだ。わたしは上体をそらす格好になる。お尻に力が入って、真っ赤に熱した鉄棒を押し出そうとするが、彼はそれに抵抗して、強く激しく出し入れを続ける。そのたびに、身体の中心から外側へ、じわじわと内臓が溶けていくようだ。溶け始めた内臓は、それぞれが勝手に踊り狂う。上体をそらせたわたしの口に、彼は指を入れてくる。その指をしゃぶりながら、わたしは、よだれを垂らし、切れ切れに答えた。

「感じるわ」

「ヴァギナと、どっちが好きなんだ？」

彼が期待している答えを口にする。

「お尻」

「そうだろう、お前はそういう女になると思った。ぼくの目は間違っていなかったようだな。最初から、ぼくを誘うような目で見ていたのを、よく覚えてるよ」

「わたしが誘ったの？」

「そうだ。このいやらしい身体で。どうしてこんなにいやらしいんだ。今度、ぼくの友だちに、お尻を提供するんだ。わかったな」

友だちって誰？とは聞けなかった。おそらく音楽関係者だろう。

彼は、わたしのお尻で果てた。わたしの内臓はいつまでも踊り狂っていた。


オペラ公演は、毎日はおこなわれない。歌手の喉には、休養が必要だからだ。公演は一日置き、あるいは二日置きになる。公演が三回あるとしたら、全日程が終わるまでには、一週間前後の日にちがかかる。

彼の三回の公演は、すべて素晴らしかった。最終日には補助席だけでは足りず、一階の後ろに、立ち見客が詰めかけた。

彼とマリーは、そのまま帰国するのだろうと思っていた。だが、あるスポンサーの社長の要請で、最終日の二日後に、プライベートコンサートをおこなうと、彼がメールで知らせてきた。小遣い稼ぎなのだろうか。もちろん、小遣いにしては多大な金額が、彼の下に入るのだろうけれど。そのコンサートは一般客はシャットアウトし、関係者や社長の招待客だけが集められ、ホテルのパーティールームで開かれるという。

「ぼくの招待ということで、きみをリストに入れておいたよ。当日、早めに来て。ぼくのあそこをしゃぶって精液を飲んでから、きみは客席に行くんだ。そして、ぼくは舞台に行く」

「マリーは？」

「マリーは当日、その企業の社長の招待で、横浜あたりを見物するらしいから、コンサート開始ぎりぎりに来るはずだ。大丈夫」

「わたしはどこへ行けばいいの？」

「よくわからないけど、おそらく、控え室か楽屋みたいなところがあるはずだ。間に合えば、きみの携帯に、楽屋代わりの部屋番号を吹き込んでおくよ」

コンサートは午後七時から。五時に楽屋に来て「ブロージョブ」をしろと彼は言う。公演前日にセックスはしないと言っていた彼が、コンサート直前にわたしにフェラをさせ、精液を飲ませるという。このコンサートに対する彼の意気込みは、そんなものだということだろう。

わたしは、当日、あまり目立たないように、紺のドレスを選んだ。最近できたばかりで、マスコミにもよく取り上げられる外資系の超高級ホテル、その最上階にあるバンケットルームが会場だ。四時半には、ホテルに着いてしまう。まだ会場案内もない。関係者らしき人に楽屋を尋ねても、教えてもらえなかった。五時を回っても、誰もいない。どうやって彼に連絡をとればいいのかもわからない。だんだん、全身に汗がにじんできた。ひっきりなしに携帯を見るが、連絡は入っていない。自宅の留守番電話もチェックする。録音はなかった。

バンケットルームのあるフロアのまん中に、巨大な花器があり、生花が盛大に飾られていた。その生花の香りが鼻についてくる。焦燥感が増す。

五時半をかなり回ったころ、関係者らしき女性が出てきて、いくらか集まってきた人々に、受付は六時からだと告げた。彼女は、受付の机に座り、招待客リストを見ている。わたしは自分の名を告げ、なにか伝言がないか尋ねた。誰からの伝言かは言わずに。すると彼女は、彼の名前を出し、部屋番号を小声で伝えてくれた。いかにも秘密だと言わんばかりに。彼女は、わたしを彼の何だと思ったのだろう。そんなことを想像する余裕もないままに、私は走り出す。彼の部屋へと。彼のペニスに向かって。

エレベーターで三階分降りて、廊下を走る。部屋の前に着くと、中から彼の歌声が聞こえてくる。声を調整しているのだろう。軽くノックした。ドアを開けて顔を見せた彼は、明らかに不機嫌そうだった。

「五時に来いと言ったはずだ」

「受付に誰もいなかったのよ。今、ここの部屋番号を聞いたところなの」

「もういい」

　鼻先で、バタンと音がして、ドアが閉じられた。

　時間がなかったのだからしかたがない。どちらが悪かったわけでもない。こういうすれ違いはあることだと自分を慰めてみても、心は落ち着かなかった。彼の精液を飲み込んで、そのまま彼の声を聴く。舞台で歌っているあの人は、ついさっき、私の口に放出した人なの。誰にも言えないそんな思いを抱えながら、彼の歌を聴く。それほどエロティックなことがあるだろうか。なのに、わたしはその機会を逸してしまった。わたしの過失なのだろうか。

　知らず知らずのうちに、涙がこぼれ落ちていた。あわててトイレに行き、涙を拭く。化粧を念入りに直し、なんとか気分を立て直して、コンサート会場になっているバンケットルームへと急いだ。

　わたしは、百人ほど入る客席の最前列に陣取った。ミニコンサートは一時間ほどで終わったが、彼は一度も、わたしを見なかった。そのあとは、立食形式のパーティーがあるという。迷ったが、参加してみることにした。

　マリーが、主催者である社長と話しているのが目に入った。社長は熱心にマリーに顔を近づけているが、彼女のほうは少し上体を引いている。わたしを見つけると、社長に断りを入れて近づいてきた。

「ミカ、あなたに会えてよかった」

「あの社長、ちょっとしつこいんじゃないの？」

「そうなのよ、わかった？」

マリーは笑った。

「大変ね。これもあなたの義務なのね」

「ええ。彼のためなら何でもするわ」

マリーは穏やかにそう言った。わたしだって。わたしだって、彼のためなら何でもする。彼のために、早く来た。彼の精液を飲むために。

わたしは、それを公言できない。マリーはできる。それが立場の違いだ。わたしは、マリーの静かながら、自分の愛情に自信をもった態度に気圧《けお》されていた。いつだって、マリーの視線を追えば、彼の姿に行き着く。

彼はファンにもみくちゃにされながら、にこやかに明るく対応していた。ときどき、彼を取り巻く人だかりから、大きな笑いが渦になって響く。「社交的で陽気なぼく」を、完璧に演じているようだ。

パーティーの最後に、彼とようやく目が合った。彼は唇の片端を上げ、少しだけ笑顔を作ると、軽くウィンクをしてみせた。どうやら怒りは解けたらしい。

それでもわたしは、身体の中を風が吹き抜けるような寂しさを覚えていた。ひとりで帰る気になれない。

そのままふらふらと、六本木へ行ってみる。いつかジョンとボビーと交わったバーへと、足が向いた。あれから数回、この店には来ていた。あのときの若い店員のヒロは、いつも笑顔で迎えてくれる。

店に入っていくと、ヒロはいち早く、わたしに目を留める。カウンターでビールをもらう。

「お元気でしたか」

彼はわたしの目をじっと見る。いつもそうやって、わたしの心を感じ取ろうとするのがヒロの迎え方だ。

「もちろん」

そう言ってから、彼には見栄を張る必要もないと思い直す。

「そうね、少し疲れているかもしれない」

「どことなく翳《かげ》があって、よけいきれいです」

彼は、しれっとそういうことを口にする。それが嫌みにならないところが、もって生まれた天賦《てんぷ》の才なのだろうか。

わたしは、ゆっくりとビールを流し込む。周りを見渡す気にはなれなかった。ひとりの時間を、ひとりでない場所で過ごしたかっただけだと気づく。彼はそれを察したのだろう。話しかけてはこなかった。

ビールを一杯と赤ワインを一杯、時間をかけてゆっくり飲むと、わたしは止まり木から滑り降りた。店を出ようとしたところで、ヒロが後ろに立っているのに気がついた。

「いつでも待ってます。疲れをとるカクテルも作りますよ」

「そんなのあるの?」

「もちろん。ぼくの特製です。今度試してください」

ヒロがタクシーを拾ってくれた。ありがとう、と言って乗り込む。少し走ってから後ろを振り向くと、彼はまだタクシーを見送ってくれていた。彼は、わたしに何も要求しない。わたしは、彼の顔を見るだけでほっとする。

5　さらなる深みへ

日本では、まだ秋だというのに、パリはすでに、東京の真冬同然の寒さだった。いや、それよりもっと寒い。何もかもが冷たい。寒いのを通り越して、石畳から上がってくる冷気で、身も心も凍る。百メートルも歩けずに、カフェに逃げ込むことさえある。どんよりと垂れ込めた空が、パリの冬独特の陰影を作り出している。

今年は、すでに大寒波がやってきていて、ヨーロッパは格別に寒いという。わかっていながら、わたしはパリにひとりでやってきた。彼の公演に合わせて。もちろん、メールで連絡済みだ。

彼は、パリにアパートを買ったと言っていた。これからパリでの仕事が増えるのだろう。ついこの間、スペインのどこかにも、アパートを買ったばかりではなかったか。それだけ仕事が順調だということだ。

わたしが着いたその晩、彼からメールが来た。

「明日の午前十一時、ぼくのアパートに来い。きみは、ぼくのアパートを自力で見つけて、ベルを鳴らせ。そうしたら、ぼくはロックをはずす。二階にあるぼくの部屋に来たら、一言も言わずに、洋服を脱いで、寝室に来るんだ。いいか、一言も声を発するな。これは重要な命令だ」

住所だけが記してあったが、わたしはパリの地理には詳しくない。わたしはホテルのフロントに住所を示して、だいたいの場所を把握した。どうやら十五分くらいで着きそうだ。

十時半に、ホテルを出て歩いていく。やはりどんよりと空気が重い。寒さで身体が凍りそうになる。雪は降っていないのだが、風が冷たい。石畳から冷気が上がってきて、身体全体を冷やしていく。行き交う人々の耳当てが目立つ。ワンピースにカシミヤのコートという簡単な出《い》で立ちは、失敗だったかもしれない。五分も歩かないうちに、泣きたくなるほど、身体が芯《しん》から冷えてきた。

通りの名前はわかったのだが、番地が探し当てられない。身体を丸めて急ぎ足で歩いているビジネスマンを呼び止め、尋ねてみる。彼が「あのあたりじゃないかなあ」と言った、さらにその先に、そのアパートはあった。古いが、堅牢《けんろう》な造りだ。一階入り口に、彼の名前が記されている。その名前の横のベルを鳴らすと、ドアが開いた。

中に入って、二階への外階段を上っていく。どんより曇った空が、重くたれ込めているのが見える。二階のワンフロアすべてが、彼の部屋らしい。階段を上がると、すぐに玄関がある。玄関のドアは、半開きになっていた。中に入って、鍵を閉める。部屋は全部、ブラインドが下ろしてあるようだ。薄暗くて、どこが寝室かわからない。しばらくたって目が慣れてくると、入ってすぐがリビングだとわかった。その先にドアを開け放した部屋があり、そこが寝室になっているようだ。ベッドらしきところが、こんもりと盛り上がっている。彼が息を殺して、潜り込んでいるに違いない。

黙ったまま洋服を脱いで、リビングのソファに重ねていく。ブラとTバック、ガーターベルトにストッキングという姿になって、彼のベッドに近づいていった。いきなりベッドから手が伸びて、わたしは驚く間もなく、引きずり込まれた。彼が上掛けをはねのける。Tバックの脇《わき》から、指が入り込んでくる。すでに濡れていることが、彼にわかってしまったようだ。

Tバックを脱がされ、彼はわたしを四つん這いにして、目隠しをした。せっかく少し目が慣れてきたところだったのに、視界は真っ暗になった。後ろから、いきなりヴァギナにペニスがためらいもなく入ってきた。腰をぶつけるように激しく動くから、思わず声がもれた。その瞬間、タオルが口に詰め込まれる。

静かな、まったく音のない空間に、彼が腰をぶつけてくる音、睾丸《こうがん》がぺたぺたとお尻に当たる音、ペニスを出し入れするときに飛ぶわたしの愛液の音だけが響く。そしてときどき、わたしのくぐもったうめき声。彼はヴァギナからペニスを抜くと、当然のように、お尻に入れてくる。最初はどうしても、痛みが走る。うめくと、わたしの背中に鞭《むち》が振り下ろされた。

あれ、と思った。彼は後ろにいて、わたしの腰を両手でつかんでいるのに、なぜ別の方向から鞭が飛んでくるのだろう。そういえば、さっきタオルを口に入れられたときの状況も変だった。

彼以外に、誰かいる。わたしの中に入っているのは、彼のペニスではないのか。わたしはようやく気がついた。気づいたら、急に怖くなり、目隠しをとろうと手を上げた。だが、わたしの両手首は瞬時にねじり上げられ、そのまま結《ゆ》わかれてしまった。腰を振り、男のペニスを振り払おうとしたが、男はわたしの腰を離そうとしなかった。

「ふたりいるの？」

わたしは、なんとか口からタオルを吐き出し、彼の名前を叫んだ。

「黙れ」

彼の声だった。わたしの真横から聞こえてきた。少なくとも、彼はいる。もうひとり、誰か別の男がいるだけだ。その男がわたしの腰をつかんでいるのだ。

男は、わたしを仰向けにした。足首が何かに縛られていく。おそらくベッドの四隅に、小さい柱があるのだろう。足が恐ろしく開かれている。腰の下に厚いクッションが差し入れられた。目隠し越しに、なんとなく、ぼんやりした光が感じられる。陰部が温かい。懐中電灯かなにかで、照らしているようだ。男同士は、わたしの性器を突いたりつまんだりしながら、囁《ささや》きあっている。わたしにはわからない言語だ。ときどき、低い笑い声もする。

ヴァギナに、ペニスではない、何か太くて固い物体が入ってきた。物体にはぶつぶつしたものがついているようで、抜き差しされるたびに膣の襞《ひだ》がめくれ、わたしの皮膚に鳥肌が立つ。気持ちがいいのか恐怖なのか、すでに判断がつかない。ふふ、と低く笑う声が聞こえる。男が物体を勢いよく出し入れすると、わたしのヴァギナは、あっけなく潮を吹いた。「おお」と彼の声ではない声が聞こえた。

「やめて」

わたしは、大声を出した。陵辱されているのに、こんなに感じて潮を吹いてしまう自分が耐えられなかった。

「うるさい」

彼の声がして、また、口にタオルが詰め込まれた。今度はきっちりと詰められ、押し出せそうにない。手は後ろ手に縛られ、足も全開で縛られている。身動きはとれない。彼ではない男は、潮を吹くのがおもしろいらしく、また固い物体を出し入れする。感じたくないのに、わたしのヴァギナは潮を吹き続ける。激しく出し入れして突然抜くと、潮は相当遠くまで飛んだらしい。男ふたりがまた、何か囁き、低く笑い合う。

その間も、胸に、脇腹に鞭が飛ぶ。ピシピシと打たれるたびに、潮は遠くまで飛んでいく。鞭といっても、おそらく彼の革のベルトだ。当たりどころが悪いと、激痛が走る。乳首にまともに当たって、わたしはうめいた。それでも、彼らは含み笑いをやめない。

どちらかの男が、わたしのお尻にペニスをねじりながら、ぐいぐい押しこんできた。腰が上がっているからヴァギナもペニスも、完全にさらされているのだ。どちらにも、何でも突っ込める状態だ。

口のタオルが取られたと思ったら、もうひとりのペニスが、わたしの口に入ってくる。わたしの口とアナルとヴァギナは、男たちによって、入れ替わり立ち替わり、二本のペニスと固い物体によって埋められる。

最後は、口とアナルで、ふたりほぼ同時に射精した。どちらが口に放出したのかわからないが、彼の声が「飲み込め」と言った。わたしは口とアナルの両方で、ふたりの精液を飲み込んだ。

「さっさと身支度して帰れ」

彼が低く言って、手足の紐《ひも》をはずす。

わたしがはいつくばるようにしてリビングへ戻ると、寝室からTバックとブラが投げられてきた。はずされなかったガーターベルトの上からTバックをつけ、ブラをすると、乳首のあたりがひりひりと痛んだ。腫《は》れそうだ。背中も脇腹も、お尻も痛い。ようやく洋服を着ると、わたしは、彼のアパートをあとにした。

外に出ると、さらに凍るような寒さが身にしみた。身体中がみみず腫れになるのも、時間の問題だろう。洋服を通して、そのみずず腫れに、風がしみこむような気がする。どんよりした雲の合間から薄日が射しているのが妙に悲しくて、知らず知らずのうちに涙が出てくる。わたしは広い通りを避け、裏通りを歩きながら、ハンカチで目を押さえ続けた。

何が悲しいのかわからなかった。彼なら、わたしに知らせずに、誰か友だちを連れ込んであのくらいのことをすると予想はついたはずだ。彼がしたことに、ショックを受けたわけではない。では、何が悲しいのか。言葉も発せず、彼の友だちの顔も見ず、もののように扱われて陵辱されたことか。しかし、どう考えても、それがつらいわけでもなかった。わたしは彼のビッチなのだから、彼がわたしをどう扱おうと、わたしは文句は言えない。言うつもりも、はなからなかった。彼とのこれまでの関係を考えれば、彼がしたことは、さほど突飛なことだとも思えない。

何も告げず、いきなり弄ばれた。それなのにわたしのヴァギナもアナルも、今まで以上に、喜んでいる。そして私自身も、怒りと同時に、すさまじい快感を覚えていた。身体が内部から、どろどろと溶けていくような気持ちよさは、他の何にも代え難かった。それがいちばん腹立たしいのか。強欲で、業の深い自分を認識するのがつらいのか。

何もわからなかった。ただ、自分が浅ましいと思った。わたしは彼に調教されたり操作されたりしているわけではなく、自分の底のない欲望に振り回されているだけではないか。

舌が焼けそうな熱いショコラを飲むために、私は小さなカフェに入っていく。

東京も真冬になった。天気は荒れていて、暖冬という予想が裏切られたような大雪が降ったかと思うと、連日、ぽかぽか陽気が続く。妙な冬だった。

東京の至るところにクリスマスツリーが飾られ、過剰なほどのイルミネーションがあふれる。数日後には、新年を迎える和風の装飾が街を彩る。いつものようにあわただしい暮れを経て、年があけた。

その間、彼とのメールのやりとりは続いていた。パリの彼のアパートでの一件は、「気持ちよかった?」と聞かれたので、「死にそうなくらい、よかった」とだけ答えた。

相手が誰かも尋ねなかった。それが彼をより満足させたようだ。

「きみは、完全にぼくのビッチになった」

お墨付きをもらった。

だが、一週間もメールを出さないと、彼からは催促がくる。

「何かおもしろいニュースはないのか。どうして、ぼくを興奮させてくれないんだ。最近、街に出て、男漁《あさ》りをしていないのか。そんなことでは、ビッチとしての立場が危ういということを、きみはわかっているのか」

そんな激しい調子のメールが来ると、わたしは、例の六本木のバーへと向かう。フランス人の男と知り合って、ふたりで外へ行き、ビルの非常階段の踊り場でファックしたこともある。フランス人の男と手をつないで外へ出ようとしたとき、ヒロが、悲しそうな心配そうな目で見送ってくれていた。

非常階段の踊り場でのファックは、興奮はしたが、たいして感じなかった。

「わたしの身体は変わってしまった。もう、あなた以外では感じないんだと思う」

彼に、そんなメールを送ったこともある。これには、彼はあまり反応しなかった。

「きみには、ビッチとしての素質があるんだ。つまらないことを言うな。もっといろいろなことをして報告しろ。何をしたら、ぼくを喜ばすことができるのか、自分で考えろ。きみはライターだろう？　ぼくを興奮させるファックをして、きちんと文章で報告するんだ。できれば、写真も添付しろ」

　また指令が飛んだ。

　六本木のバーだけではなく、新宿で若い男を拾ったこともある。ホテル代をもち、小遣いまで与えた。その代わり、若い男にデジカメを渡し、写真をたくさん撮ってもらった。若い男は妙に興奮し、わたしのヴァギナに自分のペニスが入っているところや、わたしの口にペニスを突っ込んでいるところを、やたらと撮影した。

　男は若いにもかかわらず、ペニスに真珠を入れていた。その真珠が、挿入と同時に、わたしをあっけなくオーガズムに導いた。真珠入りのペニスの写真、そのペニスが挿入されたときの、わたしの感じ方を書き送ったメールは、そのときスペインにいた彼をいたく喜ばせた。

「この若い男と、どこかおもしろいところでやっている写真を送れ」

　彼の命令に、わたしはすぐに従った。再度、若い男と会って、深夜の新宿の路地でファックした。誰が来るかわからない場所で、彼は少しうろたえながらも、小遣い目当てにがんばってくれた。

　後ろに高層ビルが、これでもかとそびえたつ殺伐《さつばつ》とした街で絡み合った証拠写真、彼の真珠入りのペニスを路地でわたしが舐めている写真を送ると、彼は満足そうだった。

「グッドジョブ。もっともっと刺激を送れ。きみには、常にぼくを興奮させる義務がある。ぼくは刺激がないと、歌えない」

わたしは、彼の歌を裏で支えているのだろうか。彼が着実に名声を高めている陰に、わたしの淫《みだ》らな文章や写真の存在があるとしたら、わたしにとってはエロティックな名誉だった。

別のときには、わたしは例の風俗ライターに、SMクラブに連れていってもらった。たまたま女性客が少なかったために、わたしは周囲の男性客と店長にもちあげられて、簡易舞台に上がるはめになった。プロの緊縛師がわたしを縛って、片足を天井から吊り上げた。わたしの陰部は、そこにいた男性たち七、八人に向かって、思い切りさらされた。

緊縛師は、「あなたは潮吹き体質だね」と言うなり、指をヴァギナに入れて、的確にGスポットを刺激した。片足を上げたまま、わたしのヴァギナは、ものの三秒で歓喜の水を吹きあげた。客たちのどよめきが、わたしに羞恥心《しゅうちしん》をもたらしたが、わたしのヴァギナは誇らしげに、ひたすら水を噴き上げる。

店の同意を得て、風俗ライターに、その写真を撮ってもらう。わたしのあそこは、ぬめったように光っていた。何かを待ち望んでいるように、入ってきてと誘っているように。わたしのヴァギナは、ほとんど独立した意志をもっている。

ようやく解放されたときは、身体がぐったりと疲れ切っていた。

「あなたって、そういう趣味があったんだ」

「いえ、そういうわけじゃないの。ある人から命令されたミッションなのよ」

風俗ライターの彼は、数々の経験をしているのだろう。驚いてはいなかったが、いくらか呆《あき》れているようだった。親しくもない知り合いの男、初対面の男たちにまで、わたしはすべてを見られてしまった。だが、自分が恥さらしな態度をとることより、わたしのメールを待つ彼を喜ばせ、彼に満足してもらうほうが重要だった。

彼がなぜ、それほどまでにわたしに対して影響力をもつようになってしまったのか、わたしは、考えてみようともしなかった。言われたことを忠実に、できれば期待以上のことをしなければいけない。そう思いこんでいた。

それは、わたしが生まれて初めて感じる、とろけるような歓びでもあった。

香奈とは、あれからもときどき会っていた。彼から続々とやってくるミッションを、猪突猛進《ちょとつもうしん》で遂行していると、ときどき柔らかいものに触れたくなる。そんなとき、わたしは香奈に会った。香奈はいつでも、わたしを受け入れてくれる。

彼女は、もう、わたしと彼とのことは何も尋ねない。わたしが彼の要求に応えるために、あちこちの繁華街に出没し、男を漁っているると、ふとしたときに洩らしてしまったことがある。香奈は、一瞬、痛々しそうにわたしを見たが、さらりと話題を変えた。彼女は、わたしを見守る役に徹することにしたらしい。

「病気にだけは気をつけなね」

あるとき、別れ際に一言だけそう言った。


一月も最後の週に、彼がコンサートに備えて来日することになった。今回はコンサートだけだが、全国五か所で開くという。彼の意気込みは、相当なものだった。相変わらず、最初の数日はひとりらしい。マリーは遅れて来るのだろう。三日後に彼が日本に到着するという日、彼は、

「いいことを考えた」

と、メールを寄越した。

「きみは誰か馬をもっている友だちを知らないか？　ふたりで車を借りて、あるいはきみの友だちに車を出してもらって、馬を見に行こうよ。そして、きみは馬のペニスをしゃぶるんだ。それから、ぼくたちは厩舎《きゅうしゃ》の陰でファックする。これ、すごいアイデアじゃない？」

確かに、すごいアイデアだ。馬のペニスが勃起《ぼっき》したところを見たことがあるが、とても怖くて近づけなかった。そもそも、馬をもっている知り合いなど、いるはずもない。

「そうか……」

彼は思った以上に、がっかりしたようすだった。その落ち込み具合に、わたしのほうが焦ってしまう。

「一応、探してみる努力はする」

そんな曖昧《あいまい》な返事を送るしかなかった。

一時間もしないうちに、再度メールが来る。

「きみの友だちで、犬を飼っている人はいない？　ぼくはきみが犬としているところを見たいんだ。前にきみは、犬とファックしたという話をしていなかったか？」

刺激は、彼の主食なのかもしれない。おそらく、考えているだけで、身体中に力がみなぎってくるのだろう。

だが、犬とファックしたなどとは、ひとことも言ったことはなかった。学生時代、友人たちと出かけた湖畔の宿に犬がいて、あそこを撫でていたら、射精してしまったという話をしただけだ。彼はいろいろな話は忘れてしまうのに、性的なことだけは自分に都合のいいように覚えていた。

「そうか、わかった。じゃあ、犬とファックして見せてくれ。大型犬じゃないとダメだよ。どこかで犬を調達して、ぼくが東京に着いた翌日、例の乃木坂のレジデンスに来るように。夕方から、きみと犬のために時間をあけておくよ。おもしろいパフォーマンスを見せてくれ」

知り合いに、犬を飼っている人物などいない。もしいたとしても、ファックするために知り合いの犬を借りるなど、さすがに良心が咎《とが》めてできない。だいたい、大型犬を飼ったことがないから、どうやって扱っていいのかさえわからない。だが、そんな言い訳が彼に通用しないのは、わかりきっている。

わたしは考えるより先に、まず、インターネットで、犬を貸し出してくれるペットショップを探した。この際、いくらかかってもいい。誰か犬を貸して、わたしを犬とファックさせて。祈るような気持ちだった。ようやく、時間貸ししてくれる店を見つける。都心から離れていたが、とりあえず電話をかけてみた。

「二、三時間でいいので、犬を貸してほしいんです。オスの大型で、成犬はいますか」

「えーっと、どういった理由でお借りになりたいのか、聞かせてもらってもいいでしょうか」

電話に出たのは若い男性で、とても丁寧な口調だった。そんな彼に向かって、犬とファックしたいんです、しないとビッチとして失格なんです、とは、口が裂けても言えない。

「実はわたしの外国人の友人が、仕事の都合で、しばらく日本に住むことになったんです。母国でゴールデンレトリーバーを飼っていたんだけど、連れて来られなかったので、寂しくてたまらないらしくて。日本でもぜひ飼いたいと言ってます。ただ、まだ仕事が落ち着かないらしいんですよ。それで、数時間、一緒に遊んでみたいと。もし相性がよければ、仕事が落ち着き次第、買うことも考えているようです」

我ながら、よくできた嘘《うそ》だった。窮地に陥ると、人はどんな嘘もつく。買うとなれば、相手も商売、乗り気になるはずだ。

「ゴールデンのオスはいますが、生後半年くらいなんです。まだ子供ですけど、それがいちばん大人に近いですね。その子なら、貸し出せますよ」

もう、それでもよかった。とりあえず、犬を連れていきさえすれば、彼も少しは満足するだろう。

犬は車で送迎してくれるという。四日後の午後四時、乃木坂のレジデンス近くで待ち合わせることにした。当日、細やかな場所のやりとりをすることにして、携帯電話の番号を教えあう。やろうと思えば、何でもできるものだ。保証金が十万円、賃貸料は二時間で三万円だった。

その夜から、天気予報が気になってたまらなくなった。彼のところへ行くその日に、この冬いちばんの大雪が東京に降る可能性が出てきたのだ。なんとか避けられないかと願っていたが、神様は、邪《よこしま》な願いは聞き入れてくれなかった。

当日は、午後からすさまじい暴風と雪になった。まさに冬の大嵐だ。夜中まで、その状態が続くという。行きたくなかった。だが、そんなわたしの気持ちを見透かしたように、彼から電話が入る。

「予定通り、待ってるよ」

そう言われたら、行かないわけにはいかない。ペットショップの店員に電話をかけ、予定通りだと伝えた。駅から彼のレジデンスまでは歩いて十分ほどだが、とても歩けそうにない。乃木坂の駅前で店員と合流し、その車に乗せてもらうことにした。彼は風と雪の中、律儀にワゴン車を降りて、わたしのためにドアを開けてくれた。

すさまじい風と雪のせいで、視界が極端に悪くなっている。歩くのと同じくらい、いや、それ以上の時間をかけて、ようやくレジデンスにたどりついた。二時間後、店員が迎えに来てくれるという。

「じゃあ、あとで。かわいがってやってくださいね」

感じのいいペットショップの店員に見送られ、わたしは、犬のリードを引いた。ゴールデンレトリーバーの仮の名前は、「レイちゃん」だという。生後半年では、身体はそこそこ大きいが、まだ動きが子供っぽく、表情もどこかあどけない。店員と別れて、レイちゃんを連れて彼の部屋に行くまでに、十五分もかかってしまった。とにかく言うことをきかない。トイレ等のしつけも、まだ半ばらしい。そもそも、初対面の女にリードを引かれ、こんな寒い日に知らない場所に連れ込まれるのだから、犬も緊張しているのだろう。

どうにかこうにかリードを引っ張って、力ずくで彼の部屋にたどり着いた。

彼の部屋は、半袖《はんそで》でもいられるくらい暖房が効いていた。彼は、にやにやしながらリビングのソファに座る。

「やってみろ」

わたしは荷物を置く間もなく、さっそくレイちゃんのペニスに触れる。そこはまだ小さく固かった。

「生後半年で、ファックできるのか?」

「わからない」

「一年くらいたたないとできないと思うけどなあ。どうして成犬じゃないんだ」

「見つけられなかったのよ」

「ふん、役に立たない女だ。ファックできなかったら、おまえがしゃぶってやれ」

彼の顔に、悪魔の笑みが浮かぶ。こういう表情になると、彼のアイデアはとどまるところを知らなくなる。

わたしがせっせとペニスを握っても、レイちゃんは、素知らぬふりをしている。

「とにかく、まず、きみが脱げ。あそこを舐めさせるんだ」

わたしは全裸になった。部屋の隅で壁に背をもたせかけ、足を広げてレイちゃんを誘う。だが、子供のレイちゃんは、熟れた女には目もくれない。それより、部屋の中を探検して歩くことに余念がないようだ。彼がだんだん、いらだってくるのがわかる。

「台所に行け。焼き鳥のパックがあるから、とってこい。そして、タレをきみのあそこにつけろ」

全裸のまま台所へ行き、パックを見つける。タレとともに、焼き鳥が一本、残っていた。彼は犬を手なずけるために、わざわざ用意したのだろうか。

「そのままもってこい」

彼の声がする。

「まずタレを、ヴァギナにつけるんだ」

言われるがままに、タレをつけた。レイちゃんは甘辛い匂いに誘われて、わたしのヴァギナにくんくんと鼻を近づけ、ぺろりと舐めた。彼は近寄ってきて床に座り込むと、その様子をおもしろそうに見つめている。

「どんどんタレをつけろ」

クリトリスのあたりから、タレを少しずつ垂らしていく。レイちゃんは、ぺろぺろと間断なく舐め続ける。わたしはだんだん、本気で感じてきていた。

彼が肉を一切れ、串から抜いて、わたしのヴァギナに詰め込んだ。レイちゃんは、それを、舌でほじくり出して食べている。一瞬、わたしはひやっとした。鶏肉が中に入りこんでしまったら、どうするつもりなのか。

「ぐずったら、これをやってください」

店員に、スティック状のお菓子を渡されていたのを思い出す。それをヴァギナに入れると、レイちゃんは喜んでわたしの性器を舐めながら食べている。

「ペニスを撫でろ」

彼に言われて触れてみるが、一向に大きくなっている気配はない。レイちゃんの胸のあたりを優しく撫でて、気持ちよくさせる。だんだん気を許してきたのか、レイちゃんはお腹をさらして仰向けになった。

「しゃぶれ」

彼が命令する。わたしはレイちゃんのペニスを口に含んだ。レイちゃんはびっくりしたのか、素早く起きあがるとキッチンへと逃げて行ってしまった。

「全然、ダメじゃないか」

彼が怒る。

「さっき会ったばかりで、コミュニケーションがとれてないのよ」

「言い訳するな、ビッチだろ」

彼は台所でうろうろしているレイちゃんから首輪をはずすと、わたしの首につけた。レイちゃんは、不思議そうにわたしと彼を見上げている。わたしはレイちゃんのように彼にリードをとられて、部屋の中を四つん這いになって歩く。レイちゃんは、興味深そうに、わたしたちの周りを走り回っている。

彼はリードを玄関のドアに固定した。わたしは玄関で四つん這いになっている。彼は腹立ちをぶつけるように、わたしのお尻にペニスを力任せに突っ込み、数回こすっただけで射精した。

「つまらない。犬を連れて帰れ」

そう言った瞬間、レイちゃんが部屋を走り回りながら、おしっこを振りまいているのに、彼が気づいた。どうやら、かまってくれないので寂しくなり、おしっこを振りまいて注目を集めようとしたらしい。彼はあわてて、わたしの首輪をはずしてレイちゃんにとりつけ、玄関のドアにつなぐ。

部屋には、レイちゃんの尿が点々とばらまかれている。

「どういうことなんだ、役にも立たない犬を連れてきて」

彼はぶつぶつ文句を言っている。わたしは噴き出しそうになるのをこらえた。犬を連れてこいと言ったのは、彼だ。成犬を連れてこられなかったのは、やむを得ない事情からだ。だが、わたしは口答えせず、「ごめんなさい」とうなだれる。

「とにかく掃除をしよう。この部屋は借りているだけだから、犬の匂いがついたらまずい」

彼は、少し落ち着いた口調でそう言った。犬の尿は、匂いがつきやすい。ましてここはカーペットだ。彼は濡れたタオルを丸めて、丁寧にカーペットを叩いていく。わたしも半裸のまま、それを真似《まね》て、タオルでカーペットを叩き続けた。ようやく掃除が終わりかけたころ、ペットショップの店員から、わたしの携帯に電話が入る。

「そろそろお時間なんですが。今、下まで来ています」

「わかりました。あと十分くらいで連れていきます」

わたしはすぐに身支度を整え、部屋を出た。彼は「じゃあね」とさえ言わず、玄関まで送りにも来なかった。

レイちゃんを引き渡し、保証金の十万円を返してもらった。たったあれだけで、三万円が消えた計算になる。

「友だち、レイちゃんのことが気に入ったみたいなんですけど、少し考えてみたいそうです。本当に買いたいということになったら、またご相談させてください」

わたしは辻褄《つじつま》合わせに、そう言う。

「そうですか。いつでもどうぞ。レイちゃん、楽しかったかい?」

店員は明るくそう言った。レイちゃんは咎めるような目で、わたしをじっと見上げている。ごめんね、レイちゃん。わたしは心の中で手を合わせる。あれだけ濃い味のタレを舐めれば、人間だって喉が渇くはずだ。かわいそうなことをしてしまった、と思ったのは、車を見送ってからのことだった。

吹雪の中、傘はほとんど役に立たない。少し歩くと、すぐ雪だるまになってしまう。わたしは贖罪《しょくざい》のつもりで、雪にまみれながら、地下鉄の駅へとゆっくり歩いていった。

そのときの全国五か所のコンサートに、わたしはすべて出向いた。数日遅れて来日したマリーが一緒だから、当然、わたしはもう彼に、ふたりきりでは会えない。だが、コンサートのたびに、一泊で大阪へ、福岡へと出向いていった。

福岡では、コンサートの協賛である地元企業が、コンサート後に彼を囲んでのパーティーを催した。一万円で、バイキング形式の食事がつくという。少し迷ったが、ファンに囲まれている彼を見てみたいという思いもあって参加してみた。

人数は五十人程度。宴も終わりに近づいたころ、わたしが会場隅のテーブルにいると、彼が突然、横に座った。彼はすでにそれぞれのテーブルを回って、求められるままにサインをしたり一緒に写真を撮ったりして、一段落したところだった。座は、もうすっかりリラックスしていて、みんな適当に席を移動したりしているせいか、そのテーブルだけは他に人がいなかった。わたしと彼は、会場に他者が大勢いるところで、ふたりきりになった。

犬の一件から、顔を合わせるのは初めてだ。だが、彼はその件については、まったく触れなかった。良くも悪くも、彼の中ではわたしとのできごとは、いつも「点」に過ぎない。終わったらすべて、過去の点として消え去っていく。それがつながることはないし、それが尾を引くこともないらしい。

「このごろ、悩んでいることがあるんだ」

彼はわたしの手に、自分の手を重ねてそう言った。ヨーロッパのカフェなどで、恋人同士がそうやって、親密に話しているのをよく見かける。彼がこれほどわたしにあっさり心を開き、しんみりした口調で話すのを聞くのは初めてだ。

「別れた妻が、ぼくに嫌がらせをしてくるんだ」

彼に離婚経験があることは、知っていた。相手は、有名なヴァイオリニストだ。結婚当初から、彼女はすでに彼よりずっと有名だった。確か子供もひとりいて、妻が引き取っているはずだった。

「妻が娘に会わせてくれない。会いたいと言っても、いろいろな理由をつけて会わせようとしない。それに、彼女は毎日のように、ぼくにブラックメールを送ってくるんだ。あいつは、ちょっと頭がおかしい」

　前妻には、つい最近、新たな恋人ができたようだという話を、音楽雑誌で読んだ。どうも彼女は歌手が好きらしく、新たな恋人は、彼のライバルと言われている歌手だった。それが、彼を打ちのめしているのだろうか。

「彼女は、ブラックメールなんて送って、何をしたいのかしら」

「知らないよ。ぼくを苦しめたいんだろう」

「なんのために？」

「さあね」

「だって彼女は今、幸せなんでしょう？」

「あんなヤツに、彼女を幸せにできるはずがない」

　彼は、激しい口調で、吐き捨てるようにそう言った。実は、今も前妻に心を残しているのだろうか。

「時間があるときは会わせてほしいと、きちんと彼女に申し入れたほうがいいと思う。もし彼女が拒否するようなら、弁護士を立ててもいいんじゃない？　あなたには会う権利があるのだから」

「そうだね」

　しんみりと彼は言う。娘に会いたい。その切なる気持ちが、前妻への嫉妬《しっと》のような憎悪に変わっているのだろうか。娘への思いは、じっと空を睨《にら》む彼の目に、にじみ出ている。その表情に、いつものエロスはなかった。ただ、ひとりの父親の少しやつれた顔だけがあった。

そこへひとり、三十代前半とおぼしき男性が彼の前に突然座り、彼が前妻と一緒に、かなり以前に出したCDを差し出した。サインをしてほしいのだという。わたしと彼は、顔を見合わせて大笑いした。男性は、自分が何かいけないことをしたのではないかと思ったらしく、あわてて立ち上がろうとした。

「いや、いいんだ、気にしないで」

彼はそう言いながら、CDにサインした。

「こんなCDをもっている人が、いまだにいるなんて」

「ぼくは、今でもこの女に苦しめられているんだ」

彼はぶつぶつと小声でぼやきながら、サインをしたCDを、ケースに丁寧にしまっている。彼と前妻が、最も仲むつまじかったころに出したCDだ。

「こういう形で、夫婦の残骸《ざんがい》がいつまでも世に出回っているなんて、因果な商売だ」

彼のつぶやきに、わたしはまた笑った。わたしの笑い声を聞いて、彼もしかたなさそうに笑う。その声を聞きつけて、いつしか周りには数人が集まっていた。

「なんの話をしていたのですか?」

誰かが彼に尋ねた。彼はわたしの手に手を乗せて、

「ぼくたちは、人生を語り合っていたんだ」

そう言って立ち上がった。彼につられて、ファンたちは、彼の行くほうへぞろぞろと歩いていく。彼は振り返ると、わたしに素早くウィンクをした。

彼とわたしがしていること。それはまさに人生の断片なのかもしれない。禁断の世界に身を投じながら、わたしたちは行動の中で人生を語り合ってきたのかもしれない。言葉ではなく、態度で、身体で。

離婚して、新しいパートナーがいるにもかかわらず、前妻の話になるとなぜかムキになる彼も、彼という男とわけのわからない関係を続けながら、彼の要請に応じていろいろな男と寝てしまうわたしも、どこかが壊れている。だが、壊れていることこそが、人生の一端なのかもしれない。

わたしたちは、日常生活と、非日常の刺激をうまく使い分けながら、ややもすると虚《むな》しくなりがちな人生に彩りをつけようと、あがいているだけなのだろうか。

6　変化

桜が咲く季節、彼がまた来日することになった。今回は、イタリアの歌劇場の来日公演ゲストとしてオペラを歌う。彼にとっては慣れたオペラだし、共演者も指揮者も顔なじみだ。

「今回は、マリーと一緒に日本に行く。うまくいけば彼女を先に帰して、ぼくは数日残れるかもしれない。そうなるように努力するよ。行ってすぐには会えないけど、連絡するから、待っていてほしい」

彼からは、ごく普通の口調でメールが来た。あの福岡の一件から、彼の様子はどことなく変わってきている。何か裏があるのか、わたしとの関係を変えたがっているのか、あるいは自然と関係が変わっていく時期なのか。彼との関係は、一年を超えた。

この一年、遠く離れているわりには何度も会っていた。非日常である彼との逢瀬《おうせ》が強烈なせいか、メールが頻繁なせいか、わたしは日常的にも、彼に身も心も操作され、支配され、それが当たり前のことになりつつあった。

公演初日から遡《さかのぼ》って十日前に、彼らはやってきた。その日の晩、彼からメールが入る。

「ミカ、折り入ってお願いがあるんだ。ぼくは毎日リハーサルや打ち合わせがあって、マリーを、どこにも連れていってやることができない。彼女は、何度も東京に来ているのに、ほとんど東京見物をしていないんだ。きみがマリーを、どこかに連れ出してやってくれないか」

どういう神経をしているのだろうと、一瞬、混乱した。公のパートナーと裏の女を、意図的にふたりきりで会わせようとするなんて。万が一、わたしがマリーにすべてを打ち明けたら、どうなるのか。そもそも、彼は有名なオペラ歌手なのだから、関係者に頼めば、マリーだって、あちこちに連れていってもらえるはずなのに。

「彼女は、わたしと一緒に過ごして退屈しないかしら」

遠回しに、そう送ってみる。

「彼女は、ミカのことが好きらしい。日本的なところが見たいと言ってる」

逡巡《しゅんじゅん》したが、彼の命令には逆らえなかった。わたしは浅草見物をしたあと、銀座へ回って歌舞伎座で、一幕だけ芝居を観るのはどうかと提案した。歌舞伎は長すぎるから、全部観るのは苦痛だろう。マリーは、この提案を非常に喜んだ。わたしは、マリーと電話で日時と待ち合わせ場所を打ち合わせた。

「移動手段なんだけど、タクシーで移動する?」

「ううん、電車に乗りたいの。東京の地下鉄ってたくさんあって、ひとりだと迷うけど、ミカが一緒なら心強いもの」

三日後、午前中にマリーをレジデンスまで迎えに行った。今回も乃木坂のレジデンスだ。部屋は、前のときより少し狭い。そのときの状況によって、予約できる部屋が限られてくるのだろう。

彼はすでに、リハーサルに出かけていて、留守だった。マリーはわたしを部屋に招き入れ、お茶を入れてくれた。

「さて、ミカ。まず、どうやって移動するの?」

マリーは地下鉄路線図を見ながら、楽しそうに言う。彼の近くにいないマリーと接するのは、初めてだ。ひとりの女性としてみると、マリーは生き生きとして、躍動的な女性だった。

「ここは乃木坂だから、まず溜池山王《ためいけさんのう》へ出るの。そこで銀座線に乗り換えて、浅草まで行きましょう」

マリーは路線図を指でなぞりながら、わたしの説明を聞いている。

「東京は、本当にすごいわね。こんなにたくさん地下鉄が走っているなんて。みんな、どうやって乗り換えを覚えるのかしら」

「わたしは何十年も住んでいるけど、いまだに間違えるわ」

マリーは明るい笑い声をたてた。

「ミカ、あなたはライターなんでしょう？　素敵ね。わたしも子供のころ、何かを書いて暮らしていきたいと思ってたのよ」

「今は、どんな仕事をしているの？」

「わたしは、帽子のデザインをしているの。母がファッションデザイナーなのよ。店には母が作った洋服と、わたしが作った帽子がディスプレイされているわ。彼は、その昔、わたしの帽子を前の奥さんにプレゼントしたの。何度か来たので、わたしは奥さんの好みを、すっかり把握していたわ。彼が離婚したあと、偶然、あるパーティーで再会したの。そこからわたしたち、恋に落ちたのよ」

マリーは、照れたように笑った。彼女は饒舌《じょうぜつ》だった。彼の陰に隠れて立っているときと、まったく違う女性のようだ。それだけ、彼に、そして彼の名声に気を遣っているということなのだろう。

彼女は、わたしを信頼しきっている。それは彼も同じだ。わたしがマリーに、わたしたちの関係を打ち明けるなどとは、微塵《みじん》も疑っていないに違いない。

わたしたちは、浅草へ出かけた。地下鉄の中でもマリーは自分のことや彼のことを、静かな口調ながら、ずっと話し続けていた。

雷門から仲見世を通って、浅草寺《せんそうじ》に向かう。仲見世の小さな店を、マリーはおもしろそうに一軒一軒、見て歩く。小さな鼈甲《べっこう》細工の店の前で、彼女は立ち止まった。

「これ、きれい。なあに？」

「鼈甲よ」

「ミカ、買い物したいんだけど、つきあってくれる？」

マリーは、店の中へ入っていく。どうやら、鼈甲のピアスが気に入ったらしい。店の人に出してもらい、「ありがと」と日本語で言って、耳につけ、鏡を覗《のぞ》き込む。彼女のブロンドに、鼈甲が映えた。

「とってもきれいよ、マリー」

鏡を覗き続けて、少しだけ首を傾《かし》げる。

「彼がなんて言うかしら。気にいってくれるかな」

さりげなく洩《も》らした一言が、わたしの胸に突き刺さる。彼女のすべての価値基準は、彼なのだ。どんなときも、彼の意向を気にする。それがわたしには、一瞬、疎ましく感じられた。だが、本音をいえば、羨《うらや》ましかったのかもしれない。

自分が何か決断したとき、彼がどう思うかしらという考えが、ふと頭をよぎる。それは、人生にとって、幸せの瞬間なのではないだろうか。

いつもそうしている人にとっては、それは単なる習慣かもしれない。だが、ありとあらゆることを、自分の決断だけで決めてきたわたしから見ると、彼女に比して、自分の人生がどこか味気なく感じられた。誰かの意図をふと気にする、つまりそういう大事な誰かがいることが、日常を、人生を、豊かにしていくのではないか。わたしはマリーを見ながら、そう考えていた。彼は、そんな大事な日常だけでは満足できないのだろうか。強欲な男だった。そしてそんな強欲な男につきあっているわたしは、業の深い女なのかもしれない。

マリーは鼈甲のピアスを買い、そのまま耳につけた。小ぶりだが、歩くたびに小さくスイングするピアスは、とても華奢《きゃしゃ》で美しい。

浅草寺でおみくじをひくと、彼女は中吉、わたしは末吉だった。彼女のおみくじに書かれていることを、少し説明する。

「なにごとも、ほどほどがいちばんってことね」

マリーは真顔で言った。

「大きな幸せが訪れるのは、うれしいけど怖いことよね。いつもほんの少しだけ、もうちょっとこうなればいいのにという思いを抱いているときが、いちばん幸せだと思う。何もかも願いが叶ってしまったら、その先がないもの」

「マリー、あなたは彼と結婚しないの？」

「ヨーロッパでは正式に結婚する人は、それほど多くないわ。わたしは、彼と一緒にいられる今の状況で満足してる。ただ、子供を産みたいという気持ちはあるけど。ミカは知ってるでしょう。彼にはすでに、娘さんがいるということ」

「ええ。でもあなたたちの間に子供ができたら、彼も喜ぶんじゃないかしら」

「そうね。わたし、実は子宮筋腫《きんしゅ》があるのよ。だから、産むなら早いほうがいいの。彼も知ってるんだけど、なかなか決断がつかないみたいね」

マリーは、少しだけ寂しそうに笑った。

「彼にとって、もっとも大切なのは娘、二番目が仕事。それ以下は、すべて同列なんじゃないかしら。わたしも、彼自身の両親も、友だちづきあいも」

「まさか。彼にとって、マリーは特別な存在だと思うけど。彼はいつでも、あなたにそばにいてほしそうに見えるわ」

「そうならいいんだけどね」

わたしが言ったことは、自分の行動から見ると欺瞞《ぎまん》かもしれない。だが、本気でそう思っていた。

マリーは、昼食に、蕎麦《そば》を食べたいと言う。観音様の裏手にある、おいしい蕎麦屋に連れていった。途中、彼女は八分咲きの桜の木の下で立ち止まり、何度も何度も「きれいね」とつぶやいた。

その店では、蕎麦を打つところを見ることができる。マリーは、飽きずにずっと見入っていた。蕎麦を打っているご主人の身体に力が入ると、マリーまで、身体に力が入ってしまうようだった。

「ものができていくところを見るのは楽しいわ」

「あなたもものを作ってるんだものね、マリー」

「日本の人はあまり帽子をかぶらないのね。ミカ、今度、あなたに合う帽子をプレゼントするわ。あなたにはきっと、帽子が似合うと思う。さっき見た桜の色がいいわ。帰ったら、あなたに合うデザインを考えるから、楽しみにしていて」

女同士の気楽なおしゃべりを重ねているうちに、わたしは明るさと繊細さをあわせもつ、マリーの魅力的な気性に気づいていった。彼女は、単に彼に付き従う女ではない。非常にはっきりした個性をもつ女性だった。だが、穏やかで人を立てることも知っている。

マリーは器用に箸《はし》を扱って、蕎麦を食べた。蕎麦湯まで、おいしそうに飲んだ。それからわたしたちは、甘味屋に寄って、あんみつを食べる。彼女はあんみつが気に入ったらしく、おみやげにふたつ買った。今夜、ふたりで食べるのだろう。わたしのことも、話題に上るのかもしれない。彼は何を感じながら、マリーの口から、わたしのことを聞くのだろうか。公と裏の生活をあれだけ見事に使い分ける彼のことだから、マリーから聞くわたしと、自分の奴隷としてのわたしは、彼の心の中では、まったく別の人間なのかもしれない。

再度、銀座線に乗り、銀座で降りる。歌舞伎座まで、話しながら、ぶらぶらと歩いた。一幕見席にしようかと思ったが、あまりに舞台から遠いので、三階席の前方のチケットを買った。彼女のために、英語のイヤホンガイドも借りる。

夜の部の最初の芝居は、誰が観てもわかりやすい世話物だった。マリーは完全に芝居に魅せられたようで、舞台が暗転するときに、

「素晴らしいわ」

と、小声でつぶやいた。

オペラと歌舞伎は、その成り立ちや発展の仕方がよく似ている。成立年も大きくは違わない。理屈で分析する芸術ではなく、人の情に訴えてくるという意味でも、近しいといえるだろう。おそらく、オペラを見慣れている彼女なら、歌舞伎の奥深さもわかってくれると思っていた。

その幕が終わると、六時近かった。マリーは、彼と一緒に夕飯を食べると言っていたから、そろそろ出なくてはならない。

「次の芝居も観たかったわ」

マリーは名残《なごり》惜しそうだった。だが、時計を見ると、急にそわそわしはじめる。リハーサルから帰ってきたとき、マリーが家にいないと、彼が不機嫌になるのかもしれ

ない。

　わたしはマリーを送って、乃木坂のレジデンスまで行った。建物の前で「じゃあ」と言いかけると、マリーは部屋まで来てほしいと言い出した。

　彼は、まだ帰っていなかった。マリーは、ほっとしたように自分の鍵《かぎ》でドアを開けると、「ちょっと待って」と部屋に入り、何かを手にして玄関に戻ってきた。

「これ、よかったら使って」

　マリーが差し出したのは、見事な刺繍《ししゅう》が施されたハンカチだった。生地はシルク、手刺繍で、相当高価なものであることがすぐにわかった。

「もらえないわ、こんな高価なもの」

「いいの、ミカに使ってもらいたいの。だってお蕎麦も歌舞伎も、ミカに払ってもらっちゃったんだもの」

「ここはわたしの地元だから、招待しただけよ。でも、ありがとう。いただくわ。大事に使うわね」

　部屋を辞し、エレベーターを待っていると、開いた扉から、ちょうど彼が降りてきた。

「ハイ、わたしたちも、今、帰ってきたところよ」

「ああ、ミィカ、マリーは楽しんだようだった？」

「たぶん。ええ、そうだといいんだけど」

彼は少しだけ、疲れた顔をしていた。

「リハーサル、ハードなの？　ちょっと疲れているみたいに見えるけど」

突然、彼は何も言わず、わたしの手首をつかんでエレベーターに乗り込んだ。最上階の十階のボタンを押す。たどりつくと、廊下を歩いて、非常階段への扉を開ける。踊り場で、彼はパンツのジッパーを下ろして、すでに固くなっているペニスを、わたしに突きつけた。

「早くしゃぶれ」

わたしが跪《ひざまず》いてしゃぶると、彼はわたしの頭を思い切り押さえつけて、上下させた。

「舌を使え、もっと強くしゃぶるんだ」

そして彼は、あっという間に射精した。ぐったりしているわたしをその場に残し、彼は自分だけ、エレベーターホールへと向かっていった。

わたしはしばらくの間、放心状態で、非常階段の踊り場に座り込んでいた。今の行為は、なんだったのだろう。彼はわたしの顔を見るなり、突然、性欲をもよおし、我慢ができなくなっただけなのか、あるいはわたしがマリーと一日つきあったお礼のつもりだったのか。オレのペニスを咥《くわ》えられるだけ幸せだと思え、ということなのか。

彼は帰って、すぐにシャワーを浴びるのだろうか。わたしの唾液がついたペニスを、そのままにしておくのか。マリーは、今日はふたりでお寿司を食べに行くのと、うれしそうに言っていた。彼女は何も知らずに、彼とふたりで、今日の話をして笑いながら、お寿司を食べ、帰ってからあのあんみつを食べるのだろう。

どろりとした感触と、苦みの強い味が、いつまでも口の中に残っていた。ようやく立ち上がったとき、わたしは下着が濡れているのを感じた。


彼の三回の公演は、すべてうまくいった。それぞれの公演が終わるたび、彼は舞台上で、二千人の客の拍手を浴びた。楽屋口にファンが群がるのも、いつもの光景だ。最後の公演が終わったあと、私はファンの列の横を通り抜けて、楽屋口を覗いた。

マリーが、所在なげに立っている。わたしの顔を見ると、彼女は泣き笑いのような表情になって走ってきた。小さな顔が、妙に白く見える。

「ミカ、今、電話があって、私の母が倒れたって。パリの病院に入院したの」

「マリーのお母さんが？　急病？」

「ええ。心臓に持病はあるんだけど、急に悪くなるような病気じゃないはずなの。いったい、どういうことなのか、伝言だったからよくわからないのよ。私、弟がいるんだけど、弟に電話がつながらなくて」

マリーは、大きな目いっぱいに涙を湛《たた》えている。

「元気出して。大丈夫よ、きっと。公演も終わったから、もう帰れるんでしょう?」

「本当は明日、パーティーがあって、それに彼と一緒に出なくちゃいけないの。だけど帰ることにしたわ、私だけ。彼もそうしろって言ってくれたから」

彼は、いろいろ案を練っていたはずだ。ひとりだけ残るために。だが、マリーのお母さんが倒れたという不測の事態があって、言い訳は必要なくなっただろう。マリーは、私の肩に顔を埋めた。わたしは、マリーの華奢な肩を抱く。しばらくすると、彼女は顔を上げた。頭を振って髪を後ろにやり、目尻を指で拭《ぬぐ》って、毅然《きぜん》とした表情になった。

「大丈夫。お母さんは、大丈夫よ」

私は壊れたラジオのように、同じ言葉を繰り返した。マリーは頷いて、無理やり笑った。

「ミカ、いろいろありがとう。あなたのおかげで、今回はとても楽しかった。今もあなたに会えて、気持ちが落ち着いたわ」

「ね、帰ったらメールちょうだい。心配だから」

思わず、そう言ってしまっていた。名刺を出して、メールアドレスを示す。

「わかった。本当にありがとう」

マリーは、名刺を大事そうにジャケットのポケットにしまうと、また、楽屋へと入っていった。

　翌日の昼、彼から電話がかかってきた。

「明日の夜はあいてる？」

「大丈夫よ」

「どこか、おもしろいところに連れていってくれないかな」

「おもしろいところってどんなところ？」

「きみがいつか、六本木で男を拾ったような場所」

「ああいうところは、煙草の煙がすごいわよ。あなたの喉《のど》には、あまりよくないんじゃないかしら」

「いいよ、もう公演も終わったことだし。けっこう女もいるんだろ」

「そうね、外国人とファックしたい日本の女が集まってるわ」

　ひゅう、と彼が口笛を吹く。

「いいね。何時頃行くといいかな」

「そうね、夜九時過ぎくらいから、人が多くなるみたいだけど」

「わかった。じゃあ、ミイカ、八時においでよ。一緒にご飯でも食べよう」

　ご飯を食べよう？　わたしは耳を疑った。彼は一度たりとも、わたしと食事をしようとしたことはない。食事はおろか、カフェに入ったことさえない。いったい、どういう風の吹き回しなのだろう。

翌日、夕方から仕事の打ち合わせを一本終え、乃木坂に向かおうとしたとき、彼から電話が入った。

「ミィカ、今どこにいるの?」

「銀座。これから、そちらに向かうわ」

「どこかで、おいしい寿司を買ってきてくれないかな」

「寿司?」

「うん、今日、何も食べてないんだよ。外に何か買いに行くのも、めんどうなんだ」

まるで子供のように、彼が言う。一緒に食事をしようというのは、そういう意味だったのか。わたしは、外で一緒に食べるとばかり思っていたのだが。

「わかった。おいしいのを買っていくわ」

「一緒に食べよう」

わたしは、銀座でいちばんと言われている寿司屋へ直行した。おみやげで、にぎりを包んでもらう。一人前が九千円もした。彼には一人前では足りないだろう。考えて、三人前頼んだ。これで二万七千円。犬を二時間借りるのと大差ない。どちらが安いのだろう。

彼の部屋に着くと、彼はブリーフ一枚で玄関を開けた。その場でしゃぶらされる。

「相変わらずヘタくそだな」

罵詈雑言《ばりぞうごん》が飛ぶ。いったい、どの口調の彼が本当の彼なのか。頭が混乱してくる。必死にしゃぶっても、彼は満足しない。寿司を玄関に放り出し、わたしは靴もコートも脱がないまま、跪《ひざまず》いてしゃぶり続けた。

「さ、寿司を食べよう」

彼は、いきなり、わたしの口からペニスを引き抜いた。射精しないまま、リビングへと歩いていく。今夜のお楽しみに備えて、射精しないでおこうと決めたのか。時計を見ると、三十分もしゃぶらされていた。顎《あご》が痛い。

リビングへ行くと、彼はテーブルの上に、割り箸や小皿をすでに用意していた。鼻歌を歌っている。やたら上機嫌だ。

わたしが寿司を広げると、彼は舌なめずりせんばかりに、笑顔を見せた。

「うわあ、おいしそうだなあ。ミィカはまるでサンタクロースだね。ぼくのほしいものを、必ずもってきてくれる」

金を払う気など、最初から、さらさらないのだ。彼の年収は、おそらく、億をはるかに超えているはずだ。金持ちは、他人の金にも無頓着《むとんちゃく》なのだろうか。

彼はあっという間に、二人前を平らげた。わたしは食欲がなく、自分の分を半分ほど、彼に差し出す。

「うまい寿司だなあ」

彼は舌鼓を打った。当たり前だ、一人前九千円もする握り寿司は、日本人だってほとんど食べたことがないはずだ。

「ここに来ると、いつも近所の寿司屋に行くんだけど、こんなにおいしくないよ。回ってる寿司屋だけどね」

回転寿司と九千円を、一緒にしてほしくない。

「そこのお寿司、一皿にふたつ入ってるんだ。知ってる?」

「知ってるわよ。回転寿司は、みんなそうよ」

「そうそう、回転寿司って言うんだよね。ぼくはそこで、二十五皿食べたことがあるんだ」

「二十五皿って、五十個? それ、すごい。相撲取りじゃないんだから」

「そうそう、店の人に相撲レスラーかって聞かれたよ。相撲レスラーにしては、身体が小さいねって」

彼はそのときのことを思い出したのか、大笑いした。

「日本人は普通、いくつくらい食べるの?」

「十数個じゃないかしら。けっこう食べる人でも、せいぜい十皿くらいだと思うけど」

「そうか。二十五皿は食べ過ぎなんだね。相撲レスラーって言われたとき、マリーは噴き出して、そのまま笑いが止まらなくなってさ、帰ってきてからも、ふたりで思い出すたびに笑ってた」

「そういえば、昨日、マリーに会ったのよ。彼女のお母さんが……」

「うん、そうなんだ。大丈夫だと思うんだけどね」

彼はマリーのことについて、簡単にそう片づけると、食べ終わった寿司の紙容器をゴミ箱に棄てる。

「さ、行こうか」

ちょうど九時を回ったところだ。ここから六本木の例の店までは、歩いても十分足らずだろう。

「タクシーに乗るほどの距離じゃないんだけど」

「いいよ、腹ごなしに歩こう。着替えるから、ちょっと待ってて」

少したって現れた彼は、ぱりっとしたキャメル色の春物ジャケットに、濃いチャコールグレーのパンツをはいている。

「これでおかしくない？」

「立派すぎるわ。なんていい男なの」

ふん、と鼻を鳴らす。彼は得意なときも、つまらないときも、いつもそうやって鼻から出す音で、自分の意志を表明した。

店に着くと、ヒロがわたしを見つけて、にこにこしながら近寄ってきた。

「赤ワインをふたつお願い」

「はい。お元気でしたか、マリさん」

ヒロは、格別の笑みを浮かべた。今日は彼の前で、マリと呼ばれるのはまずい。

「実は、マリは偽名なのよ。本名はミカ」

「今日はどちらでいきます?」

「ミカ」

了解です、というように彼は頷《うなず》いてみせる。どうして、これほど気が利くのか。客商売のために生まれてきたような男だ。客の気持ちをいち早く察するヒロの能力に、わたしはいつも舌を巻く。

店はカウンターの止まり木と、あとは立ち飲み。隅にいくつかテーブルがある。ちょうどテーブルがあいたようで、彼がすでに座って、わたしを手招きしている。ワインをもって、わたしは彼の下へ行った。

「ここで女を拾えるのか。拾ってどうするの?　どこかへ行くわけ?」

彼は矢継ぎ早に聞いた。

「そのときになったら教えるわ。誰か気に入った人がいたの?」

「うーん。見つけたら、ミィカ、口説いてきてくれよ」

彼のために女を口説く。わたしは何をしているのだろう。そんな思いがわき上がってくるが、それを押しやって、わたしはわかったと頷いた。

「ねえ、公演が終わって、しかもそれがすべてうまくいったときの気持ちって、どんなものなの？」

「すごく達成感がある。聴衆が、ぼくのパフォーマンスを深く理解してくれたことがわかったときは、本当にうれしいんだ。素晴らしい仕事だと思うよ。だけど、心のどこかで空虚な感じもしてる」

「空虚？　あれほど拍手をもらって？」

「うん。うまく言えないんだけど、すべて出し切った感じなのかなあ。自分の中が空っぽになったような」

「燃え尽きた感じかしら」

「そうだね、そうかもしれない」

話しながらも、彼の目は、店内の女性たちに注がれている。

「あ、あの子、いいなあ」

少しぽっちゃりした、胸の大きな若い女性が、ミニスカートで、お尻を振りながら歩いている。下品だった。あんなのがいいのかと、わたしは少しだけがっかりした。

「ミィカ、行ってきて」

「あなたは何をしている人で、名前は何て名乗る？」

「ぼくの名前はミシェル。仕事はファッションの輸出をしてる」

なんのためらいもなく、そう言った。不埒《ふらち》なことをするときには、いつもそういう名前を使っているに違いない。

わたしは、その女の子に近づいていった。

「ねえ」

彼女は振り返った。近くで見ると、化粧は濃いが、かわいい顔をしている。

「あそこに座っている彼、見える？　彼があなたと話したいと言ってるんだけど」

「話すだけなの？」

「え？」

「三万くれて、ホテルに泊まらせてくれるなら、やってもいいけど」

「聞いてみるわ」

戻って、彼に正直に言った。

「ここは、そういう店なのか」

「そんなことはないはずだけど。彼女が、たまたま、そういう子なのよ」

「そういう女は嫌だなあ。あ、じゃあ、あっち。あの子がいい」

何度かそうやって声をかけたものの、彼はことごとく振られていた。だんだん意気消沈していく彼を見ていると、なんだかかわいそうになってしまう。声をかけるわたしまで、気分が沈んでいく。

「ミカさん。何かあったら言ってくださいね」

ヒロが、いつしかそばに来ていた。

「彼が女性と話したい、できればその先もって言うんだけど、誰かいないかしら。彼の好みの女性を、わたしが口説いてるの。でも、なかなかうまくいかなくて」

「そんなことを、店の中で、おおっぴらにやられると困りますよ」

「あ、そうよね、ごめんなさい」

「彼が気に入った人がいたら、ぼくに目配せしてくれますか？　うまくやりますから」

ヒロの言ったことを彼に伝える。

「ミィカは、あの男ともできてるのか」

彼は、下品な笑い方をした。

「してないわ。彼はそんな人じゃないもの」

自分でも驚くような声で否定した。彼も、見たことのないわたしの剣幕に、びっくりしたようだ。

「冗談だよ、ただの冗談」

彼が顎をしゃくった。プロポーションのいい女性がいた。身体にぴったりと沿ったジャージー素材のワンピースを着ている。切れ長のきれいな目に、かぶさるような長い睫《まつげ》が印象的だった。わたしは、カウンター内のヒロに目配せをした。ヒロがさりげなく彼女の近くへ行き、わたしたちのテーブルに案内してくれる。彼女は気軽にやってきた。

「こんばんは」

「こんばんは。なんて呼んだらいい？」

「わたしは久美子」

わたしは彼を紹介し、自分は友人であると告げた。彼はうっとりするような目で、久美子を見ている。先を言え、とわたしにすがるような目を送ってきた。

「ねえ、久美子さん。彼があなたをとてもセクシーだと言ってるの。寝たい、と」

うふっと、久美子は笑った。

「彼、精悍《せいかん》でかっこいいわ。わたしをうんと気持ちよくしてくれるんだったら、寝てもいいわよ」

それを彼に伝える。彼は目を輝かせた。

「全力を尽くすよ」

謙虚だった。まるで彼が奴隷のようだ。久美子は、嫣然《えんぜん》と微笑《ほほえ》みながら、白い歯を見せた。

ヒロに頼んで、裏の小部屋を貸してもらう手はずを整える。

「裏の小部屋を、貸してもらえることになったわ」

「わかった。じゃ、行ってくる」

彼はそう言って、すぐに久美子を抱きしめながら、足早に小部屋へと向かった。ヒロが案内している。

何が起こったのか、わからなかった。ひとり取り残されたのだと気づいたとき、全身に悪寒《おかん》が走った。

つんざくようなロックが流れているはずなのに、わたしの耳には何も聞こえなくなっていた。彼は、最初から、自分だけがするつもりだったのか。禁断の世界へ行こう、ぼくたちふたりがベースだと言っていた言葉は、真実ではなかったのか。

ヒロがやってきた。

「大丈夫ですか、ミカさん」

呆然《ぼうぜん》と座っているわたしが、よほど奇異に映ったのか。

「大丈夫よ」

そして聞かれもしないのに、あわててつけ足した。

「彼は、ただの友だちだもん」

言いながら、自分の顔がひきつり、声が震えているのがわかった。ずっとここで待っているのは、耐えられそうにない。

「ね、中を覗くことはできる?」

ヒロはしばらく考え込んでいたが、そっとわたしを手招きした。トイレに行く通路と小部屋に行く通路とは、途中まで一緒なので、他の客や店員には気づかれない。

「本当はいけないんですよ。これ、ぼくの仁義にも反します。覗き見させるなんてことはね。だけど今は特別。ミカさん、ここから覗けます。このカーテンの中に隠れてくれれば、トイレに行く人にも見つかりませんから」

ヒロは緞帳《どんちょう》のような分厚いカーテンを動かして、わたしが潜り込める空間を作ってくれた。壁の一部が小さな窓になっており、それを開けると、中の部屋の様子が、手にとるように見えた。マジックミラーだから、中からは覗かれていることがわからない。

「この店、もともとはSMかなにか、ちょっと怪しいことを、この小部屋でやっていたらしいんです。今のオーナーがこの店を居抜きで買って普通のバーにしたんですが、そのとき、ぼくらは、この覗き窓は絶対使わないと誓わされました。だから内緒ですよ」

ヒロはそう言っていたが、わたしはすでに、中の様子に心を奪われていた。彼が久美子の洋服を丁寧に脱がせている。キスをしながら、なにごとかささやきながら。彼女を全裸にすると、立たせたまま全身にキスをしている。次に彼女を抱きしめながら、そっと寝かせ、自分もさっと洋服を脱ぐと、彼女の股間《こかん》に顔を埋めた。

久美子が感じている声が、うっすらと洩れてくる。そのまま彼女の胸に顔をずらし、指で下半身を愛撫《あいぶ》している。すべてがゆっくりで、愛情細やかな態度だ。

しばらくすると、彼女が何かを差し出した。コンドームらしい。しっかりした女性だ。彼はふだん、コンドームは着けない。着けるくらいならしないほうがましだと、豪語したこともある。それなのに今、彼は従順にゴムを着け、ゆっくりと彼女の中に入っていった。彼が入っていくと同時に、彼女の身体が柔らかく、弓なりになる。かなり感じているようだ。長い黒髪が、床に散っていた。彼はそのまま彼女の上半身を抱き上げ、胸にキスを浴びせながら、ゆっくりとブランコが揺れるように動いている。

後背位へと、体位を変える。彼女は細い腰を彼につかまれたまま、いやいやするように頭を振る。彼は愛《いと》おしそうに彼女の背中や脇腹、胸や腕をさすっている。彼女が顔を傾けると、彼は顔を近づける。舌と舌とを絡めるところまでが見えた。

再度、正常位へと体位を変える。彼女の両足を高く上げて自分の両肩に乗せると、彼は深く深く、彼女を貫いていった。彼自身が恍惚《こうこつ》としているのがわかる。ふたりは見つめ合って、ときおり微笑みを交わす。そこまで見て、わたしはさっきのテーブルに戻った。足がもつれるのがわかった。

視線を感じて振り向くと、ヒロが心配そうに見ている。大丈夫、ふたりはうまくやってるわ、という意味で、わたしは親指を立ててみせた。

ヒロが、グラスを持ってやってきた。

「ミカさん、これ、辛口のジンジャーエールなんだけど、飲んでみて。実はこれ、自家製なんですよ。ぼくが作っているんです。最近、評判がいいから、もう少したくさん作ろうかなと思って。飲んでみて、感想を聞かせてもらえるとありがたいんだけど」

ここでわたしが酒を飲んだら、どういう気分になるか、ヒロはわかっている。恩着せがましくなく、さりげなく炭酸飲料をもってくるヒロに、わたしは心の底から感謝した。

彼らが小部屋に入ってから、たっぷり一時間が過ぎたころ、ふたりは、べったりくっついたまま出てきた。だが、わたしの前に来ると、久美子はあっさりと彼に手を振り、「またね」と去っていく。彼は、彼女の連絡先を聞いたのだろうか。

「ぼくも帰るよ。ミィカ、一緒に来る？」

今さら言われても、うれしくもない一言だった。それでも、わたしは立ち上がった。

「道がわからないでしょ。送っていくわ」

支払いをすませて、ヒロにまた五千円札を渡そうとしたが、彼は固辞した。ポケットにねじこもうとしたら、ヒロは珍しく声を荒らげた。

「もらえません」

ヒロの目が潤んでいた。

「わかった」

お札を引っ込めたとき、わたしは自分の目も潤んでいることに、ようやく気づいた。その目で、わたしはヒロを見た。彼は無理に少しだけ笑った。わたしも無理やり、ちょっと笑って見せた。

外へ出ると、彼は鼻歌を歌いながら待っていた。ワイン代はいくらだったのかとか、あの小部屋を使うのに金がいるのかとか、そういうことはいっさい聞かない。わたしは彼のための遣《や》り手婆であり、財布なのだ。

わたしは自虐的になっていた。

「久美子の身体はどうだったの？」

「とてもよかったよ。ヴァギナがすごく締まるんだ。ぼくは、何度も先にイキそうになって困ったくらいだよ。肌もきれいで、すべすべしてた。身体中から、すごくいい香りが漂っていた。本当にいい女だなあ」

まだ、うっとりしている。わたしが香水をつけたら、怒ったこともあるくせに。

「フェラは？　上手だった？」

「あ、ああ。まあね」

嘘《うそ》だ。フェラなぞ、させていなかったのをわたしは知っている。

どちらも、何も言わずに歩き続ける。

「ミィカ、きみは世界中で、誰よりもぼくのいろいろな面を知っているよ。ぼくが誰にも見せたことのない顔を、きみはすべて知っている」

彼は唐突に、そう言った。わたしはなんと答えたらいいかわからず、黙っていた。

「公の顔は、誰にでも見せる顔だろ。そんなのは、どうにでも作れるんだよ。だけど裏の顔を知ってるのは、ミィカだけだよ。裏の顔が、ぼくの本当の顔だ」

特別な関係だと言いたいのか。わたしをひとり残して、彼が久美子と小部屋に消えていった姿、久美子の身体を丁寧に愛撫している姿、彼がぐっと挿入したときの久美子の髪の毛の揺れ具合などが、切り取った写真のように、目の裏に焼きついて離れない。

彼は前日のパーティーの話など、他愛もない話を延々と続けた。言葉が途切れるのを恐れるかのように。たぶん、彼は照れていたのだろう。あるいは、わたしが言葉にできないほど複雑な気分でいたことに、気づいていたのだろうか。いや、あの時点では、何も気づいていなかったに違いない。

自分の欲望が、満足いく状態で処理できたのだろう。ひょっとしたら、久美子と再会を約したかもしれない。次に来たときは、わたしという奴隷に頼らなくても、久美子という美女と直接、連絡がとれるように手はずを整えたのではないか。

彼のとりとめもない話に、適当に相づちを打ちながら、わたしはそんなふうに考えていた。嫉妬《しっと》しているのだろうか。わたしが彼に嫉妬している？　わたしは、彼のただのビッチなのに。

彼のレジデンスの前で、わたしは踵《きびす》を返した。彼はもちろん「寄っていく？」などとは言わない。

翌日、彼はヨーロッパへと帰っていった。

一か月ほどたったころ、彼からメールが来た。

「どうしたの？　何かあったの？　なぜ連絡を寄越さないいんだ」

以前だったら、すぐに返事を書いた。だが、わたしの気持ちは、微妙な変化を起こしていたようだ。自分でも知らないうちに。わたしは彼のメールを放置した。削除もせず、返事も書かず、完全に無視した。メールボックスを開けるたびに、彼の名前が目に入る。そのつど、わたしの気持ちは波打ったが、あえて自分の心にも目を向けなかった。

久しぶりに、香奈に会いたくなった。淡々と生きている香奈に。彼女は最近、水彩画に凝っている。本当はイラストではなく、水彩画の世界で生きていきたいようだ。表立って自分の夢を語ることはなかったが、彼女の絵画に対する意気込みが、どんどん強くなるのを、会うたびに感じていた。

携帯に電話をかけて、創作の邪魔にならないかと、尋ねてみた。

「今、ちょうど休憩で、例のカフェにいるの。ミカ、来てよ」

香奈は、元気な声で言った。

カフェに入っていくと、香奈はひとりで煙草を吹かしながら、雑誌を見ている。わたしの顔を見ると、ぱっと顔を輝かせ、挨拶《あいさつ》も抜きに、

「ねえ、このシャツ、かわいいよね」

と、雑誌を傾けて見せた。鮮やかなブルーのシャツだった。

「うん。香奈には似合うと思う」

香奈はわたしをじっと見て、突然、核心をついてきた。

「ミカのほうはどうなの？　例の男とはどうなってるの？」

言われたとたん、わたしは泣き出してしまった。自分でもまさか、泣くとは思っていなかったから、何が起こったのか把握できなかった。涙だけが、とめどもなくあふれていくのが不思議なくらいだった。

香奈はすぐに、ポケットからハンカチを出し、わたしの涙を拭《ふ》いてくれる。もう片方の手で、わたしの手をしっかりと握った。

「ミカを泣かせるなよなって、言ってやりたいなあ」

香奈は、やんちゃな男の子のような口調で言った。あの店のヒロにしても、香奈にしても、どうしてこんなに優しいのだろう。

ひとしきり泣いたあと、わたしは香奈に、今回の彼とのことを正直に話した。

「ミカ、自分が惚《ほ》れてるって、やっとわかった？」

惚れてる？　いや、そんなことはない。わたしは首を振った。

「認めたくなければ、それでもいいけど」

香奈はそれ以上、何も言わない。自分のことは自分で考えろと言わんばかりだ。突き放すのも、香奈の優しさだった。わたしはそれを受け止めながらも、自分の心から目を背ける。


週に一、二回、彼は怒ったようなメールを寄越した。

「どうしたんだ。何か新しいニュースはないのか。常識の範疇《はんちゅう》からはずれたことをして、ぼくを喜ばせてくれ。写真を送れ」

相変わらず、彼にとっては、起こったことがすべて「点」だ。あの夜の久美子とのことも、彼の中では、遠いできごとなのだろうか。当然、わたしの気持ちを考えてみることなどなかったのだろう。

そのメールを放っておくと、次は泣き落としだ。

「ミカ、ぼくたちは一年以上も、親密で濃密な関係を築いてきた。何度もファックしたし、何度も人生について語り合ったじゃないか。ぼくたちのこんないい関係を、きみは断ち切ろうとするのか」

確かに何度もファックした。かなり濃密だったとも思う。人生も語ったかもしれない、ときには。だが、「いい関係」というのには、ひっかかった。あなたにとっては、「都合のいい関係」だったかもしれないけれど。

7　迷路

緑が濃くなる季節が巡ってきた。今年の桜は、満開になったと思ったら、強風と大雨で一気に散った。桜を堪能《たんのう》しないうちに、初夏がやってきてしまったような感じだ。

梅雨《つゆ》に入りかけたころ、彼が来日した。オペラ公演があるのは知っていたし、チケットも買ってあったが、来日する日は、知らずにいた。彼もわたしの変化を感じ取っているらしく、到着する日を伝え損なっていたようだ。あるいは、東京に着いて直接口説けば、いつものように、わたしが飛んでくると決め込んでいたのかもしれない。

公演初日から遡《さかのぼ》って、一週間前の夜中、携帯に電話がかかってきた。知らない番号がディスプレイされていたが、なにげなく出てしまった。

「ミィカ」

彼の声だった。懐かしさに目が潤んだ。

「今日、来たの？」

以前と同じように話してしまう。

「今からおいでよ」

午前一時だ。わたしはすでに部屋着になって、ベッドで雑誌を読んでいた。

「わたし、今、出張で大阪に来ているの」

なぜか、とっさに嘘をつく。

「いつ帰るんだ」

「三、四日は帰れないわ」

「くそったれ！」

彼は怒鳴り散らした。わたしは、さほど動じなかった。

「ミィカ、お前の友だちを誰かここへ寄越せ。おれはどうしても、ファックしたい。ファックしないと眠れない」

「そんなわがままを言わないで。今から誰に電話ができると思うの？」

「いつかの店で会った、誰だっけ。久美子だ、久美子。彼女の電話番号を知らないの？」

「知らないわよ。あの日、あそこで出会っただけだもの」

彼は彼女の連絡先を聞いていなかったようだ。それさえ、わたしの役目だと思っていたのかもしれない。

「なんで聞いておかないんだ」

絶叫するかのように言う。かなりいらだっている。

「店に電話したら、彼女の連絡先がわからないだろうか」

「今、店の番号はわからないわ」

「お前なんか、地獄に堕《お》ちろ！」

彼は罵声《ばせい》を浴びせると、激しい音を立てて電話を切った。

わたしは腹も立たなかった。そんな自分が少しだけ悲しかった。

翌日の夕方、彼はまた電話をかけてきた。わたしは外での仕事が終わり、ちょうど帰ろうとしているところだった。

「ミィカ、まだ大阪なの？」

「ええ、まだ帰れないわ」

「なんとか切り上げられない？　親が病気だとか親戚《しんせき》が死んだとか、いくらでも理由はつけられるだろう？」

「あなたはそうやって、公演をキャンセルしたことがあるの？」

彼は黙って、受話器を置いた。

わたしは携帯をもったまま、立ちつくしていた。自分の言葉に、自分で衝撃を受けてしまったからだ。本当は彼のレジデンスまで、タクシーでワンメーターの距離のところにいた。彼とファックしたくないわけではない。色も形もきれいな、あのペニスに再会したかった。思い切りしゃぶって、思い切りぶちこまれたかった。それなのに、まだ大阪にいるなどと、つい言ってしまった。いったい、この短期間に、わたしに何が起こっているのだろう。わたしの内部で、何か今までと違うものが暴れだそうとしている。

わたしは、自分の気持を分析するのが怖くなり、そのまま、六本木の例の店に行った。こんな早く来たことはなかったから、店まで行ってみて、まだ開いていないことにようやく気づいた。五時だった。朝方まで開いている店だから、おそらく開店はもっと遅い時間なのだろう。

他で少し時間をつぶそうと歩き出したとき、「ミカさん」と声がした。ヒロだった。ちょうど、出勤してきたところのようだ。

「まだ開いてなかったのね。当然よね」

「何かあったんですか？」

ヒロは相変わらず、人の気持に敏感だ。顔を見ただけで、感情が見抜けてしまうらしい。

「出直すわ」

「いいですよ、店にいても。ぼくはちょっと準備でばたばたしてますけど、他に誰もいないから、ひとりでのんびりできますよ」

ヒロは、にこっと笑った。その顔につられてわたしも口角に力を入れる。笑顔に見えるといいのだが。

店の隅で、わたしはコーヒーをもらって飲んだ。あと数時間したら、彼に電話をかけて「急遽《きゅうきょ》、大阪から帰ってきたわ、あなたのために」と言うことはできる。そうする気になれるかどうか、自分を確かめたかった。

「ミカさん。店を開けるのは六時なんですけど、別のスタッフが来たらぼくも時間ができるので、食事にでも行きませんか」

わたしが時間をつぶそうと考えていることを見抜いたように、ヒロがそう言った。

「そうね、あなたが忙しくなかったら、つきあってくれる？」

人と、特に男とふたりで食事をすることには、ある種の危険がつきまとう。食事をしながら話をすると、どうしても互いの内面に触れざるを得ない。それまでふたりの間にあった距離感が、微妙にずれていく。だが、わたしには、ヒロとのつかず離れずの関係が、食事をしたところで変わるとは思えなかった。むしろ、この距離感が確定するような気がした。それは、わたしにとってもヒロにとっても、決して悪くはないはずだ。

「そういえば」

ヒロはカウンターの中で忙しく働きながら、わたしのほうに顔を向けた。

「一週間くらい前かなあ、ジョンとボビーのコンビが来たんですよ。『マリは元気かなあ』『またマリに会いたいな』って、しきりに言ってました。たまに来ますよって言ったんですが、言われてみれば、ミカさんは、あのふたりには、あれきり会ってないんですよね。ふたりとも、『あんないい女はめったにいない』って」

「わたしも、また会いたいわ。遊びまくっているんだろうけど、いい人たちだったもの」

「そうなんです。あのふたりは基本的に紳士なんですよ。酔っぱらうこともほとんどない。遊びまくっているように見えるけど、それほどでもないんです。案外、まじめなビジネスマンらしい。店によく来る人たちは、男女問わず、彼らのファンが多いんです。明るいし、どことなく、メンタリティが日本的なんですよね」

ヒロの話を聞きながら、わたしは、あのふたりに会った晩のことを思い出していた。あのころ、わたしは彼の言うことを忠実に守るビッチだった。彼を喜ばせるためには、どんな手段でも使って、目的を果たすつもりだったし、実際にそうしていた。今思い返すと、黒人ふたりとファックしろと言われて、素直に従った自分が愛おしくさえある。つい一年ほど前のことなのに、なぜか遠い日のできごとのような気がする。

あの晩から、わたしは何度か、この店に来ている。平均すると、月に一度くらいだろうか。ふらりと来て、お酒を飲むときもあれば、コーラやジンジャーエールを飲んで帰ることもあった。男を見つけて、ふたりで出ていくこともあった。どんなときも、ヒロは、わたしの内面に深くは立ち入らないのに、はっとさせられるようなことを言ってくれた。

他のスタッフがやってきたので、ヒロとわたしは外へ出た。

「ミカさん、串揚げ好きですか？」

「大好きよ」

ヒロの顔が、ぱっと輝く。

「おいしい店があるんですよ。最近、はまってるんです。汚い店だけど、いいですか」

「そういう店ほど、おいしいものなのよね」

ヒロは、にこにこしながら歩いている。一緒に歩いてみて初めて、スリムだが骨格がしっかりしていると知った。いつも屈託のなさそうな笑顔を見せるが、彼には苦しみや葛藤《かっとう》はないのだろうか。そもそも、彼はなぜあの店に入ったのだろう。以前は、どんな仕事をしていたのだろうか。どこの生まれで、どんな育ち方をしてきたのだろう。彼のことは、何も知らなかった。興味はあるが、知らなくてもいい、という気がする。今の彼をそのまま見て、受け入れていたかった。

ヒロが案内してくれた串揚げ店は、確かに狭くて汚かった。カウンターだけで、七、八人の客が入れば、いっぱいになるような店だ。揚げているのは、五十代とおぼしき無口な女性だった。手が、はねた油のやけどのあとでいっぱいだった。どことなくわけありに見える。彼女はなぜ、ここで串揚げ店をやることになったのか。

考えれば、世の中の人すべてにいろいろな事情があり、過去があり、今がある。

だが、わたしとヒロは、そんな深刻な話はいっさいせず、たわいもない話をしながら、串揚げをせっせと口に運んだ。どれもカラッと揚がっていて軽く、いくらでも食べられる。

「おいしいわ。串揚げって、どこの店もたいして変わらないようでいて、実はかなり違うのよね。ここのは、本当においしい」

「よかった。ミカさんなら、この味をわかってくれると思ったんです」

ヒロは、にこにこしながらそう言う。決して、わたしの心に立ち入ってこない。自分の身の上話もしない。それなのに、わたしはヒロと一緒にいると心が温まった。ヒロもおそらく、わたしとのこの距離感が心地いいのだろう。

くだらない話をしながら、よく笑って、よく食べた。食事が終わって、わたしが払おうとすると、ヒロはわたしを遮った。

「じゃあ、割り勘にしましょ」

「いいえ。ぼく、ミカさんにいただいたお金を使ってないんです。それで払うから、結局は、ミカさんのおごりなんですよ」

そういえば、わたし自身と彼があの小部屋を使ったとき、それぞれわたしは五千円をヒロに渡していた。一万円だと多すぎて恐縮されそうだったから、五千円にしただけだった。

　単なるお礼のつもりだったのだが、それはヒロにとっては、負担だったのかもしれない。わたしはありがたく、ヒロにご馳走《ちそう》になることにした。

「ごちそうさま」

　店を出てからそう言うと、ヒロは、

「こちらこそ、ごちそうさま」

と、丁寧に言う。いったい、どちらのお金なんだかわからないね、とわたしたちは笑いながら、店へと戻った。途中でわたしは、急に思い出した。彼と久美子があの小部屋を使ったとき、ヒロはお金を受け取ることを頑《かたく》なに拒んだのだ。

「あら、ヒロ、二度目はあなた、お金を受け取ってないわよ。わたしが渡したのは、一回だけじゃない」

「いいですよ、そんなことはどうでも」

　ヒロはポケットに片手を突っ込んで、飄々《ひょうひょう》と歩いていく。彼はいったいいくつなのだろう。二十代後半、せいぜい三十代前半か。なぜこれほど、人生の酸いも甘いもかみ分けているのだろう。

　店に戻ると、八時を回っている。行く気なら、彼のところに行ける。わたしの選択しだいだ。そう、わたしが決めて、わたしが動くだけだ。人生は、いつもそうなのだから。

携帯が鳴っている。メールだ。彼だと直感した。彼はもしかしたら、わたしが大阪にいるのではないと察しているのかもしれない。開けてみると、確かに彼からだった。

「誰か派遣してくれ。死にそうだ」

文面を見て、笑いそうになった。昨日、地獄に堕ちろと叫んだ男が、こんな弱気になっている。どこまでいっても憎めない。帰ってきたわよ、と言えばすむことだ。行ってみよう。彼も今なら快く迎えてくれるだろう。わたしは、立ち上がろうとした。だが、身体が動かない。鉛でも詰め込んだように重くて、持ち上がらない。

まだ間に合う、今なら間に合う、と思いながら、結局、わたしはそこに一時間、根が生えたように座りこんでいた。どうしても動けなかった。気持ちは立ち上がろう、彼のところへ行こうと思っているのに、身体が必死で拒否している。

九時になった。そこへ、ジョンがふらりと入ってきた。ヒロが、わたしの方向を見る。ジョンはわたしを認めると、満面に笑みを浮かべて、小走りに近づいてきた。

「マリ。会いたかったよ。この前も、ボビーと話していたんだ、きみのこと。元気かなあって」

「たまに来てるのよ。あなたたちには会えなかったけど」

「そうか。ぼくたちは、週末しか来ないから。たいてい土曜なんだ。あとの日は仕事があるからね。今日は特別」

「そういえば、わたしは平日しか来てなかったわ。忙しいの?」

「まあね。これでもけっこう優秀なビジネスマンなんだよ」

冗談とも本気ともつかない口調で、ジョンはそう言った。ちょっと待って、と言って、ジョンはビールを注文する。そして座って、わたしをじっと見た。

「どうだったの、元気だったの?」

「まあ、なんとかね。あなたたちも元気だったの? たくさん女をひっかけた?」

「人聞きが悪いなあ」

ジョンは苦笑した。そして、わたしの手を握った。

「マリ、本当に会えてよかった。実はぼく、再来週、帰国するんだよ」

「そうなの」

「もともと二年の約束で、アメリカの会社から、こっちの支社に来てたんだ。その二年が終わるってわけ。ぼくはすっかり、日本が気に入ってるんだけどね」

「日本の女が、じゃないの?」

「人聞き悪いってば。いや、確かに日本の女もいいんだけど、日本の生活も気に入っているんだよ。最初は、日本人って、どうして自分の思っていることを正直に言わないんだろうと、不思議でたまらなかった。だけど、それは相手を傷つけないためだったり、さほど主張するべきなような内容でもなかったりするからなんだよね。ぼくらは、白と黒の世界しか知らない。だけど、日本人はグレーゾーンを知ってるんだなあと、ある日、気づいた。そうしたら、急に居心地がよくなってたんだ」

「なるほどね。あなたにとって、グレーゾーンは疲れない？」

「ぼくは疲れない。むしろ、世の中はグレーゾーンのほうが多いんじゃないかな。人間関係は特に」

「そうね。感情は、白か黒かで割り切れないことのほうが多いものね」

「そうなんだよね。ああ、もうちょっと日本にいたいなあ」

「ねえ、そういえば、あなたはあの日、わたしが写真を撮ってと言ったとき、なぜかと理由を尋ねなかったわね」

「うん。だって、人にはいろいろ事情があるからね」

「それは、あなたの言うグレーゾーンと関係あるのかしら」

「あると思う。もしアメリカで、ぼくが誰かにああいう状況で写真を撮ってと頼んだら、『いったい何に使うの？』『もしこの写真に自分の顔が写っていて、それが流出したらどうやって償ってくれるの？』って、矢継ぎ早に聞かれるだろうね。でもぼくは、マリには、何かせっぱ詰まった事情がありそうな気がしたんだ。それに、この女性は信用できると直感で思った。だから信用した」

「そうだったの。ありがとう」

　察する、慮《おもんばか》るというのは、日本人ならではのコミュニケーションのありようかもしれないが、まんざら悪いこととは思えない。たとえ、国際社会では通用しなくても。

「ボビーはどうしてるの？　ボビーも帰国するの？」

「いや、ボビーとは会社が違うんだ。ここで知り合った。彼もアメリカなんだけど、本社からの帰国指令を断った強者《つわもの》だからね。彼はすごく仕事ができるみたいだから、わがままが利くのかな。ぼくはダメだけど」

「そんなことないわよ。あなたはとても魅力的だもの。どんな仕事も、結局は人間同士のやりとりが大事なんじゃない？」

「だからさ、日本の人はそう思ってるんだよね。でも、アメリカでは、そうじゃない。少なくともぼくがいる会社では、感情なんてものは、どこかに置き去りにしないといけないんだ。ぼく、いつかまた日本に来るよ。こっちで、仕事ができればいいと思ってる」

　ジョンは、せつなそうな目をしていた。わたしは思わず手を伸ばして、彼の頬《ほお》を撫《な》でた。

「早く戻ってきて。待ってるから。ねえ、ジョン、来週末は、あなたの歓送会をしましょうよ」

「やめてくれよ、泣いちゃうよ」

ジョンとは、心で話ができる。お互いの心から出た言葉が、互いの間を気持ちよく循環しているのが実感できた。

来週末はヒロに言って、ジョンの歓送会をしよう。ジョンは意外なことに、甘いケーキが大好きだという。大きなケーキを買ってこよう。

ヒロとジョンに別れを告げ、外へ出た。人と人は、いつしか知り合って、いつしか別れていく。ジョンと身体を交えたのはたった一度だが、強烈な親密感があった。

タクシーを拾って自宅に帰るつもりだったのだが、わたしは突然、気が変わった。彼に電話する。

「はい」

二度のベルで、不機嫌そうな声がした。

「ハーイ、ミカよ。大阪から戻ってきたの、あなたのために」

一瞬、息を呑むような沈黙があった。次の瞬間、彼は鮮やかなほど明るい声を出す。

「ミイカ、本当？　会いたいよ」

「わかった。今すぐ行くわ」

だが、電話を切って彼のレジデンスの方向へ足を向けようとした瞬間、また、わたしの身体は動かなくなった。どうしても、歩みを進めることができない。生あくびが出る。気分が悪かった。いつまでも店の前にいるわたしを不審に思ったのか、店からヒロが出てきた。わたしは、ヒロの顔を見てほっとすると同時に、彼の腕の中に倒れ込んだ。

目を覚ますと、ジョンとボビーが心配そうに覗き込んでいた。あの夜のことが甦《よみがえ》る。ヴァギナとアナル、両方にふたりの巨大なペニスを受け入れたあと、わたしは失神した。ようやく気づいたとき、こうやって、ふたりの顔を見上げたっけ。

「ミカ、どうしたの。大丈夫？」

「わたし、どうしちゃったのかしら」

「店の前で、急に倒れたらしいよ」

そうだ、彼のところへ行こうとしたのだった。わたしは携帯電話を見た。彼から、何度も電話が入っている。

ヒロが、水をもってきてくれた。わたしは店の奥の、例の小部屋に寝かされていた。

「ごめんなさい、迷惑かけて」

「いいえ、大丈夫です。救急車を呼んだほうがいいですか？」

「ううん、必要ないわ。ちょっと貧血を起こしただけだから」

身体は正直だった。自分の気持をどんなにごまかそうとしても、結局、心の奥深くで感じている本当の気持ちは、身体にサインとして表れる。やはりわたしは、彼のところへは行きたくなかったのだろう、本心では。もう、自分を偽るのはやめよう。

「ねえ、ヒロ、ここを貸してくれる？　ふたりでまた、わたしを抱いてくれない？」

ヒロは少し心配そうな顔をしたが、にっこり笑って頷いた。ジョンとボビーは顔を見合わせている。

「三人でするのもきっと最後よ。ジョンが再び、日本に舞い戻ってくるまでは」

ふたりが、少し寂しそうに微笑んだ。彼らの目は、常に悲しみを湛えているように見える。人が根源的にもつ悲しみを、私は彼らの瞳《ひとみ》から受け取ってしまう。だからこそ、彼らに接すると、言葉と身体を使いながら、何か大事な温かいものが行き交うような気持ちになるのだろうか。

ジョンが、わたしの首筋に唇を這《は》わせてきた。ボビーも、スカートの中に手を入れてくる。

「今日は、徹底的にマリを気持ちよくさせてあげる」

ふたりはそう宣言した。わたしは全裸で寝かされた。ふたりは、わたしの全身を、ひたすら舌と唇と手で刺激してくる。二枚の舌と、四本の手が、わたしの全身を這う。ふたりはいつしか右半身と左半身を分担し、ひとりが右足の指を口にふくむと、もうひとりも左足の指をなめてくる。身体の右半身と左半身を、同じように愛撫するのは、ひとりではほぼ不可能だ。ふたりに乳首を同時に甘く噛まれたときは、頭が芯からじんじんと痺《しび》れていくのを感じた。

いつまでたっても、ふたりは、わたしがいちばん感じる性器近辺には触れてこない。徹底的に焦《じ》らすつもりでもあるらしい。わたしはとうとう、我慢ができなくなった。

「お願い、あそこに触って」

「あそこってどこ？」

ジョンがにやにやしながら言う。ふたりは目でコンタクトを取り合ったようだ。ボビーが仰向けに寝た。わたしはその上にシックスナインの形でかぶさる。ボビーの太いペニスをしゃぶっていると、彼は下からわたしのクリトリスを舌でつつく。腰が逃げそうになるが、ボビーはわたしの腰をつかんで動かさない。どういう体勢になっているのか、ジョンがわたしのアナルに長い舌を滑り込ませてくる。

すべてが、ゆっくりとおこなわれていった。ジェットコースターから突き落とされるようなセックスではなく、三人の身体の間に、温かくて柔らかいボールが行き交うような絡み合いだった。それなのに、わたしは充分に滴っていた。ヴァギナにふたりとも入れてしまいたい。男を包み、自分の中に取り込んでしまいたい。わたしはふと、そんな衝動にかられた。

「ねえ、ふたりでわたしのヴァギナに同時に入れるのは無理？」

ふたりは困ったように眉《まゆ》を寄せ、顔を見合わせた。だが、このふたりが挑戦もせずに諦《あきら》めるはずがない。

「体勢としては、前にやったときのようにマリをサンドイッチ状態にするか、あるいはマリが横向きになって脚を広げ、ぼくたちが同じ方向から入れるしかないと思う」

ジョンが、考え考え言葉を続けた。わたしがどちらかの男の上に仰向け、あるいはうつぶせになる方法を試してみたが、ヴァギナひとつに二本のペニスはとても無理だった。次に、わたしが右腹を下にして横を向いて寝てみる。そしてジョンとボビーがわたしの足を挟むようにして徐々に陰部に近づけ、いっぺんに二本入れようとした。

四本の脚がわたしの顔のあたりでうごめいている。

まずジョンが先端を入れて、わたしのヴァギナに隙間《すきま》を作り、そこへボビーが入れる。ふたりのペニスは直接こすれあう。ジョンは自分のペニスにローションを垂らした。ふたりは息を合わせて、少しずつ入れていく。太い二本のペニスは、根元までは入らなかったが、わたしのヴァギナをぱんぱんにふくらませた。

「マリ、入った、入った」

ジョンがうれしそうに叫ぶ。

「わかるわ、ふたりがわたしの中で一緒になってる」

痛みは感じなかった。ふたりが少しずつ動き始める。ジョンのペニスがより奥へと侵入し、ボビーのそれが入り口近辺をこすっている。アナルとヴァギナの両方に入れたときとはまた違う、息ができないような気分になっていく。

「どこかにさらわれていきそうな気分よ」

内臓がせりあがっていく。毛穴がすべて開き、そこから閃光《せんこう》が入ってくるような感覚に、少し怖れを抱きながらも身を任せた。うーん、うーんとひたすらうめいていたらしい。意識の有無の境界線上を、ただゆったりとわたしは行ったり来たりしていた。今は、この快楽に酔っていたい。

彼はまた、罵詈雑言《ばりぞうごん》を浴びせるだろう。なんとかして、わたしを引き戻そうとするだろう。そうすればまた、別の女とセックスするチャンスも生まれるからだ。だが、わたしの頭の中からは、彼が他の女性としている光景が消えなかった。香奈の言うように、惚れているからこその嫉妬なのか、ルール違反が許せないだけなのか、本当のところはわからない。だが、すべてはもうどうでもよかった。


携帯にもパソコンにも、罵《ののし》りのメールが入っていた。

翌日には自宅の電話に、悲痛な声でメッセージもあった。

「ミィカ、きみがどこかで倒れているんじゃないかと心配している。ぼくが知りたいのは、きみが元気でいるかどうかだけだ」

わたしの心は動いたが、身体は動かなかった。どうしても、彼の下へ飛んでいけない。メールさえ送ることができなかった。

彼からのメールや電話で胸がざわつくような、今すぐ飛んでいかなくては、とせっぱ詰まった気持ちになっていたころが懐かしかった。あの欲望は、どこへ行ってしまったのだろう。メールひとつで、彼の思い通りに動いていた自分は、どこへ行ってしまったのだろう。あのころのわたしも、今のわたしも、それほど変わってはいない。なのに、何か決定的なことが変わっていた。

彼からは一日に数回、電話が入るようになった。携帯ではなく、必ず自宅の電話にかかってくる。

「死ね」

と、一言だけ、入っているときもあった。

「ミイカ、助けてくれ。ぼくは死にそうだ」

「お前なんか、ただの売女《ばいた》だ」

絶叫しているような声。あなたは歌手なのよ、怒鳴ってはいけない。声帯を痛めてしまう。

わたしは、彼を傷つけているつもりは、まったくなかった。何度も何度も、自分を鼓舞しようとさえした。彼に送ったおびただしい写真も見直した。あのころの、彼と一緒にいたい気持ち、どんなにひどい目に遭おうと、彼からの電話一本で、一直線に飛んでいってしまった気持ちを思い出そうとした。

ヴァギナとアナル、両方にバイブを入れた写真、香奈と絡んでいる写真、そしてジヨンとボビーとの激しい時間を写した写真……。それらをパソコンで、何度も見直した。だが、それらが、今のわたしの心を揺さぶることはなかった。わたしは、すべての写真を消去した。

わたしにとって、彼は何だったのか。それがわからなかった。わたしは、香奈との関係にも、ジョンとボビーとの関係にも、そしてヒロとの関係にも、意味など見つける必要を感じたことはなかった。だが、彼との関係だけは別だった。意味を見つけなければ、やりきれないような気がしてならない。これから先、意味を見いだすことは可能なのだろうか。それとも記憶がこのまま薄れていき、いつかただの「遠い日の思い出」に、なり下がってしまうのだろうか。

もし意味を見いだすことができたら、それによって、わたしの心は何か変化を起こすのだろうか。

今は何もわからない。もしかしたら、わからなくてもいいのかもしれない。彼の罵詈雑言や泣き落としは、いつまで続くのだろう。それらは、わたしに対する彼の情熱なのだろうか。それとも、去ろうとしている者への単なる固執なのか。

彼の気持ちを忖度《そんたく》しても、しかたがなかった。自分の心が見えなくなると、相手の気持ちを憶測しようとするのは、人の常かもしれない。

どの時点から、どんなふうに自分が変わったのか知りたかった。久美子とのセックスを覗き見たときから、わたしの気持ちは突然、変化を起こしたのか。あるいはその前から予兆があったのか。どの日かはわからないが、ある特定の日から、一パーセントずつ気持ちがすり減っていったのか。あるいは五パーセントずつか。

自分が自分に、取り残されていくような違和感があった。わたしは何を求めていたのか、そして何を求めているのか。彼との関係は、本当にこれきりなのだろうか。それもわからなかった。わからないことを、わからないこととして受け入れるしかなかった。それが今、わたしにできるすべてだった。

本書は二〇〇七年九月に徳間書店より刊行された『愛より甘く、せつなく』を改題し、大幅に加筆・修正しました。

本作品はフィクションであり、実在の個人・団体などとは一切関係がありません。

文芸社文庫

甘美な誘惑、そしてせつなく

二〇一六年六月十五日　初版第一刷発行

著　者　亀山早苗
発行者　瓜谷綱延
発行所　株式会社　文芸社
〒一六〇-〇〇二二
東京都新宿区新宿一-一〇-一
電話　〇三-五三六九-三〇六〇（代表）
〇三-五三六九-二二九九（販売）
印刷所　図書印刷株式会社
装幀者　三村淳

©Sanae Kameyama 2016 Printed in Japan
乱丁本・落丁本はお手数ですが小社販売部宛にお送りください。
送料小社負担にてお取り替えいたします。
ISBN978-4-286-17711-3